ELE, LÁ E OS OUTROS.

O SUSTO

Os olhos esbugalhados e a pele alva como o azulejo do banheiro lhe dão uma aparência fantasmagórica. A única coisa que denuncia sua condição humana é a existência de um coração palpitante, que quase lhe salta pela boca.

A Tia da Cantina logo percebe que há algo de errado com aquele garoto que tenta manter-se em pé apoiado em um pilar do pátio da escola.

- O que foi Pedrinho, você está passando mal? - pergunta a Tia da Cantina para o esbranquiçado garoto, que leva um baita susto ao ouvir a feminina voz.

- Não! Responde automaticamente o *azulejinho*.

- Como não? Você está parecendo um fantasma!

- Nem me diga isso Tia, nem me diga isso, fala Pedrinho tentando entrar nos átomos do pilar.

A Tia da Cantina insiste com o espremido:

- Alguma coisa tem que ter acontecido para você ter ficado assim. Você quer que eu chame a Diretora para ela chamar seus pais?

- Não Tia, tudo bem, já está passando o susto.

A esta altura, por um fenômeno ainda não explicado que ocorre em todas as escolas, a Diretora, a Professora do Pedrinho, os outros professores, os colegas do Pedrinho, todos os outros alunos de todas as outras salas, a Servente, a Inspetora de Alunos e todos que estavam na escola, já sabiam que o Pedrinho estava passando mal, apesar de não ter passado ninguém pelo pátio enquanto o Pedrinho se *esbaforava*.

Pedrinho ia começar a contar o ocorrido para a Tia da Cantina quando a Diretora da escola chega, acompanhada por uma servente, que tenta equilibrar um copo de água com açúcar.

- O que aconteceu Pedrinho? - pergunta a Diretora em tom preocupado.

- Bom eu estava...

A Servente interrompe o garoto com o copo de água na mão.

- A senhora não acha que é bom ele *tomá* a água com açúcar? Ele *tá* tão branquinho, *tadinho*.

A Diretora saca o copo da mão da Servente e dá para Pedrinho, não lhe dando chance de recusa.

O garoto bebe a poção até o fim e dá uma profunda aspirada. Quando olha ao redor se vê cercado por uma pequena multidão, que parece aguardar ansiosa a narração do ocorrido.

A Diretora toma a iniciativa:

- E aí Pedrinho, o que aconteceu afinal? Você está passando bem?

- Agora estou. - responde o rodeado, enquanto a platéia o ouve atentamente.

- O que aconteceu afinal? - papagaia a Servente sobre os olhos censuradores da Diretora.

- Bom, eu estava no banheiro fazendo xixi no mictório..., diz Pedrinho meio encabulado diante do público, quando é mais uma vez interrompido.

- E aí, o que aconteceu? - Pergunta a Tia da Cantina, roubando um pouco da cena. - Porque do jeito que você saiu do banheiro..., certamente não foi por fazer xixi que você ficou daquele jeito. Vocês precisavam ver como ele saiu daquele banheiro. Com os olhos esbugalha...

- Acho que é melhor nós irmos para a minha sala. Lá você pode descansar um pouco e refazer-se, diz a Diretora, interrompendo a Tia da Cantina que a esta altura já se demonstrava encabulada com sua atitude.

O público, que já havia praticamente dobrado, murmura descontente ensaiando uma vaia para a Diretora, a qual é imediatamente inibida pela forte postura da comandante que já leva Pedrinho para sua sala, segurando-o pelo braço e rompendo a multidão descontente que ameaça fazer uma procissão.

Ao perceber a natural manifestação da massa, a Diretora asperamente emana a ordem:

- Podem voltar todos para as suas salas e para os seus afazeres. Não quero ninguém atrás da gente. O rapaz precisa respirar.

A BOATARIA

Nos corredores da escola, nas salas de aula e por toda parte, o assunto era um só, o Pedrinho.

Além de o povo adorar uma fofoquinha, quem viu o Pedrinho ficou realmente impressionado.

O pessoal que não conhecia o Pedrinho perguntava o que havia acontecido com o menino que tinha passado mal. O pessoal que conhecia, mesmo que só de vista, mostrava a maior intimidade:

- O Pedrinho, ele é muito legal, mas parece que está com uns problemas em casa.

E o outro logo emendava:

- É, eu sei, parece que o problema é sério mesmo.

E da separação dos pais, a doenças seríssimas na família, passando por paixões e doenças terminais com o próprio Pedrinho, a boataria corre solta pela escola.

Os mais ousados falavam de envolvimentos com drogas e traficantes, enquanto outros juravam de pés juntos que Pedrinho estava jurado de morte ou que era homossexual e que, por não ter se protegido adequadamente havia, infelizmente, contaminado-se com o bichinho assassino.

Algumas garotas, ouvindo a história da contaminação, suspiravam desapontadas: "Quem diria, ele era tão bonitinho", como quem está despachando o coitado para a última morada.

O real e o imaginário fundiam-se e até mesmo quem conhecia o Pedrinho já não sabia mais o que era verdade e o que era invenção do pessoal.

O DIA SEGUINTE

Para o desespero de todos os curiosos, boateiros e fofoqueiros de plantão, o Pedrinho não retornou para a sala de aula no dia do ocorrido, seja lá qual tinha sido o ocorrido. E para piorar a história, no dia seguinte não foi para a escola.

Quando alguém perguntava para a Diretora o que havia ocorrido com o menino, a resposta era sempre a mesma:

- Não foi nada de grave o que aconteceu com o aluno João Pedro.

E quando o perguntador insistia, ela complementava:

- Pode ficar tranquilo que não é nada com a saúde dele. Na realidade não aconteceu nada.

E se o curioso persistisse, ela logo usava de sua autoridade para encaminhá-lo para onde deveria estar. Era a Servente que retornava para a sua faxina, era professor que retomava sua aula e aluno que voltava para sua sala de aula.

É! O mistério parecia não ter um breve esclarecimento. O jeito era esperar o retorno do Pedrinho, que certamente iria contar para todos o que estava acontecendo com ele. Essa parecia a única coisa a ser feita, até que alguém teve a genial idéia:

- No final da aula nós vamos até a casa do Pedrinho.

Os componentes da comissão foram escolhidos a dedo, pois ninguém queria que o Pedrinho ficasse pensando que o pessoal estava apenas curioso.

- Nós temos que demonstrar respeito e preocupação, pois não sabemos por quais problemas está passando nosso amigo, por este motivo só pode ir o pessoal da classe dele, afirma seriamente o Representante de Sala, dando um ar oficial à organização do evento.

O pessoal que estava fazendo parte da comissão concordou com as observações do Representante, mesmo sabendo que alguns iam ficar fora da caravana. Afinal, a coisa parecia ser séria mesmo.

TUDO DE NOVO

As horas pareciam intermináveis, o pessoal não tirava os olhos do relógio e nada de chegar a hora de ir para casa.

O pior de tudo é que sempre tem um engraçadinho que repete aquela frase sem graça, achando que está agradando:

- Dá meia noite, mas não dá a hora da gente ir embora.

O tempo estava congelado e a mão da ansiedade parecia puxar os ponteiros para trás. Foi quando se ouviu um medonho grito de horror, misturado com desespero, ou qualquer coisa deste tipo. Os cabelos arrepiaram-se pelos corpos e por alguns segundos todos ficaram tal qual o ponteiro do relógio. Congelados.

O segundo grito veio, e este, diferente do primeiro, fez todos os alunos levantarem-se das carteiras e os professores, instintivamente, irem em direção da porta.

A sequência de frenéticos e pavorosos gritos a partir daquele instante instaurou um verdadeiro caos na escola. Os professores saíam das salas seguidos pelos alunos, que arrastavam carteiras e espalhavam os materiais escolares pela sala e pelos corredores.

Todos estavam pelos corredores da escola e não era somente um grito feminino que se ouvia agora. Vários outros gritos misturavam-se ao original, que a esta altura, já não se sabia de onde vinha e quem era o dono.

O caos parecia não ter fim, então a correria foi diminuindo, a gritaria parando e todos foram ficando estáticos diante da gélida figura da menina, que agora podiam perceber ser dona dos pavorosos gritos.

A Menina estava no meio do pátio, ancorada no mesmo pilar que servira de apoio ao Pedrinho no dia anterior. Sua aparência estava terrível, os olhos esbugalhados, a cor branca, o suor gotejando por todos os orifícios de sua pele e sua respiração ofegante davam a impressão que a ancorada havia acabado de fugir da jaula de um leão faminto.

Todos foram rodeando a apavorada criatura como se essa estivesse cercada por um cordão de isolamento invisível, todos mantinham praticamente a mesma distância da Menina, até que a Diretora rompeu o cordão de isolamento para acudi-la.

A Diretora aproximou-se, apoiou a Menina nos braços e perguntou:

- O que foi que aconteceu?

A Menina olha para a Diretora e diz:

- Uma loira.

A Diretora imediatamente arrasta a Menina por entre os outros alunos em direção à sua sala, ao mesmo tempo em que emite a ordem:

- Voltem para as suas salas. Não foi nada. Foi só um susto.

E desta vez não houve ensaio de vaia. Um murmurinho extremamente íntimo entre os alunos e entre os professores ocupa o ar, juntamente com o barulho do pessoal retornando pacificamente para as salas de aula.

Todos estão assustados. Mais assustados do que curiosos.

O silêncio sobre o assunto certamente retrata o medo. Medo não se sabe do quê, talvez do desconhecido. Talvez de tornar o desconhecido em conhecido. Fato é que a cumplicidade instalou-se na escola, e apesar de estar claro de que nada estava normal, todos fingiam que nada de anormal havia acontecido ou estava acontecendo.

Os professores continuavam suas aulas do ponto em que haviam parado, os alunos fingiam prestar atenção e tudo seguia falsamente normal como se os minutos anteriores não tivessem existido.

Um lapso temporal se estabelece, falsamente, pois a lembrança dos pavorosos gritos não permitia que as mentes esquecessem o tempo passado, e por mais que alguns se esforçassem para tornar as coisas normais, tudo parecia soar falso, pois o que todos queriam não era voltar à aula como se nada tivesse ocorrido. O que todos realmente queriam era falar sobre os fatos estranhos que estavam ocorrendo na escola naqueles últimos dias, mas ninguém se atrevia.

NA SALA DA DIRETORA

A primeira coisa que a Diretora perguntou para a Menina foi se ela havia conversado com o aluno João Pedro.

- João Pedro?

- O Pedrinho, explicou a Diretora.

- Não conheço nenhum Pedrinho, disse a Menina.

Um calafrio subiu a coluna da Diretora e todos os cabelos de seu corpo tentaram abandoná-lo.

Não podia ser. Aquela garota devia estar mentindo. Ela tinha de conhecer o Pedrinho, pensava a Diretora enquanto arrumava alguns papéis em sua mesa tentando ganhar algum tempo para poder decidir o que iria fazer. Então entrou a salvação pela porta.

- Licença? - A Servente invade a sala equilibrando um transbordante copo de água, ainda turvo pelo saturamento do açúcar, e desembesta no falatório:

- Eu fiquei sabendo que alguém passou mal, e preparei um copinho de água com açúcar. A senhora sabe. É um santo remédio!

A Diretora dá um olhar de aprovação para a salvadora, que de imediato despeja o doce goela abaixo da garota até a última gota, e ensaia o reinício do falatório:

- A senhora sabe que uma vez...

- Muito obrigada, a senhora ajudou muito. Agora eu acho que é melhor nós deixarmos a garota descansar.

A Servente assentiu, com a cabeça, enquanto movimentava sua enorme massa para fora da sala, com a sensação de missão cumprida.

A Diretora já refeita do susto reinicia o interrogatório após uma breve pigarreada:

- Eu gostaria que você me contasse exatamente o que aconteceu, do momento em que você saiu de sua sala até a hora que começou com a gritaria.

A garota, que estava sentada em uma confortável poltrona na sala da Diretora, baixa a cabeça meio encabulada e cutucando as pelinhas de sua cutícula começa a narrar o ocorrido:

- Bom, eu estava na sala de aula e me deu uma imensa vontade de ir ao banheiro, então eu pedi para a professora e fui para o banheiro rapidinho.

- E aí? - pergunta a Diretora tentando conter a ansiedade.

- Aí, eu fui para um reservado e fiz o "número um". Depois eu fui lavar as mãos e tive a impressão de que tinha alguém me observando. A senhora sabe como é?

- Claro que sim, claro. - respondeu a Diretora sem se preocupar em esconder a evidente ansiedade.

- Aí, eu levantei a cabeça olhei pelo espelho vi uma mulher loira, muito bonita, com os olhos brilhantes, toda vestida de branco...

Enquanto a garota descrevia em tom sóbrio e formal, as duas iam ficando totalmente arrepiadas.

- ... sabe, com um tipo de camisola que parecia um lençol, com os pés descalços, e o que mais me assustou..., ela tinha uns tufos de algodão no nariz e nos ouvidos. Os tufos do nariz pareciam estar contendo o sangue que queria escorrer, sabe como é?

- Sei sim, diz a Diretora, com a estampa de medo e repugnância na face.

A garota continua:

- Então ela levantou os braços para mim, como quem está chamando para um abraço, sabe?

- Sei.

- Aí eu virei e ela não estava mais lá. Eu senti um pavor tão grande, uma coisa como eu nunca havia sentido antes. Os meus cabelos ficaram arrepiados no couro cabeludo, eu acho que eles só não ficaram todos para cima - esticando os cabelos com as mãos - porque a gravidade não deixou.

- O que você viu foi um reflexo ou coisa assim.

- Ah! Mas não foi mesmo. Eu tive muito tempo para observar tudo. Eu tenho certeza de que tinha uma loira no banheiro, e exatamente como eu descrevi para a senhora, com sangue e tudo. - reafirma a garota.

- Está bem querida - diz a Diretora carinhosamente - eu vou ligar para a sua casa e pedir para alguém vir te buscar. Acho que é melhor você descansar, depois deste susto.

A garota assentiu com a cabeça, sem dizer nada.

A INVESTIGAÇÃO

Logo após a garota ter sido levada para casa por seus pais, a Diretora resolveu investigar. Chamou sua *escudeira* e foram as duas para o banheiro feminino. A Servente não parava de falar, mas suas palavras não incomodavam a Diretora, pelo contrário, pareciam servir-lhe de companhia, apesar de não conseguir entender uma palavra do que ela dizia, pois seus pensamentos vagavam em busca de respostas.

Ao chegarem ao banheiro, a Servente perguntou:

- A senhora quer que eu limpe alguma coisa?

- Não - respondeu a Diretora - eu só quero que a senhora me acompanhe.

- Mas *prá* quê? O que aconteceu com a garota?

- Não foi nada. Ela só se assustou com algo que viu aqui.

- O que foi que ela viu?

- Ainda não sei bem, por isso que nós viemos dar uma olhada.

A Diretora olhou por tudo. Olhou nos reservados, um a um, atentamente, procurando nem bem ela sabia o quê. Olhou próximo as pias e logo pode identificar a pia utilizada pela garota, pois a água ainda corria pela torneira aberta, então receosamente levantou a cabeça em direção ao espelho e...

- O que a senhora tá querendo encontrar? - questionou a companheira.

- Não sei! Acho que nada.

A Diretora novamente direciona seu olhar para o espelho e observa a possível posição da aparição, então se vira e caminha lentamente para o fundo do banheiro em linha reta.

Agora ela consegue entender o que a garota quis dizer quando falou sobre a força da gravidade sobre seus cabelos. Seu couro cabeludo estava totalmente eriçado, um profundo frio subia-lhe pela espinha. Por um segundo pensou que ia desabar, mas respirou fundo e conteve-se diante das marcas de pés descalços que podia observar no chão umedecido do banheiro.

A CARAVANA

Finalmente o sinal gritava o término das aulas, mas diferente do que todos imaginavam, os alunos saiam sem o tradicional atropelo proporcionado pela pressa de ir embora e em uma sala alguns alunos permaneciam.

- E aí? - Disse o Representante de Sala para o singelo grupo que ali permanecia.

- Parece que uma parte do pessoal não está mais a fim de ir para a casa do Pedrinho, disse um rapazinho franzino.

- É, concordou o Representante, mas eu vou, nem que tenha de ir sozinho. Eu acho que a gente tem que descobrir o que está acontecendo por aqui.

- Você acha que o que ocorreu hoje tem a ver com o que aconteceu com o Pedrinho? - pergunta o Magrela.

- Acho não, eu tenho certeza que as coisas estão ligadas.

- Mas e aquelas histórias sobre os problemas do Pedrinho? - pergunta uma garota visivelmente preocupada.

- Ah! Aquilo tudo é boataria. É só fofoca do pessoal. O Pedrinho tem tantos problemas, e tão graves quantos os de cada um de nós, e nós sabemos que eles não são motivos para ficar como o Pedrinho e como aquela garota ficaram.

- Isso é verdade. - concordou a Garota - Eu também vou. Também quero saber o que está acontecendo por aqui.

Alguns mais receosos preferiram não ir, e a pequena caravana parte para sua missão com a incumbência de descobrir o ocorrido e depois contar para toda a turma.

A RESPOSTA

Minutos depois a comissão estava na porta da casa do Pedrinho.

Tindon. Tindon. Tindon.

Sai a Mãe do Pedrinho.

- Oi! O Pedrinho está? - perguntou o Representante de Sala.

- Está sim, só um minuto que eu vou chama-lo.

- *Tá* bem.

- E aí pessoal! Vieram me fazer uma visita? - brinca Pedrinho com os amigos.

- É, mais ou menos - diz o Representante de Sala tomando a frente das tratativas.

- E então, o que foi?

- Nós viemos perguntar o que aconteceu com você ontem. - disse o Magrela em tom sério.

- Ah! Aquilo não foi nada. Eu só levei um susto no banheiro.

- Susto com o quê?

- Eu tive a impressão de ter visto uma mulher atrás de mim.

- E desde quando você tem medo de mulher? - chacoteou um gordinho *sarrista*.

- Qual é Gordo? *"Tá afim de me tirar?"* Se você tivesse visto aquela loira também teria se assustado.

- Ull! A coisa tá começando a ficar boa - continua o sarrista - o Pedrinho no banheiro com uma "loirassa" e morrendo de medo.

- Cala a boca Gordo, deixa o Pedrinho contar prá gente o que aconteceu, intervém o Representante de Sala.

- Tá bom! - Concorda o Gordo coçando a cabeça.

- Aí Pedrinho, continua a história. - solicita o Representante de Sala.

- Tá bom. Eu estava no banheiro dando uma xixizada e de repente tive a impressão de que tinha alguém me observando. Sabe como é?

A turma toda concordou, silenciosamente.

- Então eu dei uma olhada por cima do ombro e lá estava ela. Uma *puta loirassa*. Linda, com os olhos brilhantes, toda vestida de branco...

Enquanto Pedrinho descrevia a loira em tom de suspense, a turma ia ficando toda arrepiada.

- ...sabe, com se ela estivesse vestindo um lençol, e descalça.

- Ull! A coisa tá ficando boa mesmo. Ela devia estar nuazinha, atravessa o Gordo, que leva uma cotovelada da Garota.

Pedrinho dá uma risadinha e continua, aumentando o tom de suspense:

- Sabe o que mais me assustou nela?

Ninguém se atreveu a interrompê-lo.

- Ela tinha uns tufos de algodão no nariz e nos ouvidos. Os tufos do nariz estavam sujos de sangue, sabe como é?

- Sei sim, - arrisca o Representante de Sala - como se ela estivesse morta?

- É, exatamente isso, como se ela estivesse morta.

O medo se estampa na face de todos.

Pedrinho continua, sarcasticamente:

- Então ela levantou os braços para mim como quem está chamando para um abraço.

- E aí? - pergunta ansiosamente alguém do grupo.

- Aí eu quase fiz xixi nas calças, fechei o zíper sei lá como e saí correndo do banheiro.

- E a loira? Perguntou a Garota.

- Sei lá. Eu é que não ia voltar para ver o que aconteceu com ela. Bom, o resto vocês já sabem. Eu fiquei um tempo no pátio para tomar um fôlego e a Tia da Cantina apareceu, aí *pintou* um monte de gente de todo o canto e logo depois a Diretora me levou para a sala dela. Depois que eu contei tudo para ela, ela deu um sorriso e disse que era melhor eu ir para casa, pois eu devia estar muito cansado e devia ter me assustado com algum tipo de reflexo, ou coisa assim.

- E o que você acha que foi? - quis saber o Magrela.

- Eu acho que ela tinha razão. Eu estava muito cansado e devo ter me assustado com alguma bobagem, ou foi algum engraçadinho que resolveu me pregar um susto. Aliás, parece que o mistério está resolvido, *né*?

- Por que você diz isso? - fala o Representante de Sala sem entender.

- Por quê? - diz Pedrinho ironicamente - Porque vocês vieram aqui hoje só para tirar uma da minha cara. É lógico que foi um de vocês que pregou essa em mim.

- Não foi não Pedrinho, nós viemos te procurar porque está acontecendo alguma coisa muito estranha na escola e a gente queria saber o que é, além é claro, de querer saber se estava tudo bem com você, pois ontem você ficou "*mauzasso*" com o susto e não apareceu hoje.

- Eu não fui hoje na escola porque eu tinha médico marcado. Não tem nada a ver com a tal loira, mas o que mais tá acontecendo na escola?

- A gente não sabe direito, mas hoje teve a maior gritaria no pátio. Uma menina deu o maior "*show*". Foi a maior gritaria.

- Vai ver que ela viu a loira também. - diz Pedrinho em tom de brincadeira.

O DIA SEGUINTE II

Um grande grupo de amigos esperavam o Pedrinho do lado de fora da escola. O clima era terrível. Um misto de medo e de suspense pairava no ar. Nos grupinhos que se formavam o papo era um só a Loira do Banheiro.

Quando Pedrinho chegou, o pessoal contou para ele que a garota do dia anterior também tinha visto a Loira do Banheiro. Suas pernas bambearam. Ele tentou dizer algo, mas as palavras não saíram.

Depois de alguns segundos, em que nem respirar ele conseguia, algumas palavras lhe vieram a boca:

- Não é possível! Foi só imaginação minha, não existe loira nenhuma – afirmou Pedrinho sem muita convicção.

- Fala isso *prá* menina, mas acho que ela não vai acreditar nesta sua teoria de imaginação coletiva – brincou o Gordo.

- Mas o que ela viu?

- E-xa-ta-men-te o mesmo que você viu. - respondeu irônica e pausadamente o gordinho.

- Mas como é que você sabe?

- Ah! Pedrinho, se você não quer acreditar não acredita, mas para de questionar. Tá todo mundo dizendo a mesma história e quando o povo fala sabe como é... Não tem erro – ponderou o Representante de Sala.

- Escuta, mas quem é esta tal menina que supostamente viu a Loira?

- É aquela menina bonita que a gente vive paquerando, sabe qual é? – disse o Magrela com uma voz maliciosa.

- Mas ela não me parecia nenhuma maluquinha. - Disse distraidamente o Gordo sendo cotovelado por Pedrinho e percebendo instantaneamente a mancada.

- Oh! Desculpa Pedrinho, *foi mal*, não queria dizer que você é maluco.

- *Tá, tá* bom Gordo, agora a gente tem coisa mais importante a fazer do que ficar se preocupando com isso.

- É, o que? Pergunta o Gordo.

- Falar com a gatinha. - Responde o Magrela pelo Pedrinho que concorda com a cabeça.

- Então vamos lá? Que série que ela é mesmo? Continua o Magrela esfregando as mãos visivelmente animado.

- Nada disso, pode deixar que eu mesmo vou procurar a gatinha, digo a menina.

CADÊ A CORAGEM?

Todo mundo tirou o maior sarro da história da Loira, foi a maior *zoeira* com o Pedrinho, mas naquele dia ninguém se atreveu a ir ao banheiro sozinho. Era um tal de se apertar e de cruzar as pernas que nem te conto.

Querer ir ao banheiro o povo queria, mas cadê a coragem para ir sozinho, e por outro lado se pedisse para ir ao banheiro com alguém tava armada a gozação.

Foi um dia muito longo até o intervalo, porto seguro para os apertados, pois certamente teria muita gente no banheiro e a Loira, se é que ela existe, não haveria de aparecer para um bando de gente, ou apareceria?

Fora um ou outro engraçadinho que entrava ou saía do banheiro fazendo alguma palhaçada, sempre relacionada ao aparecimento da tal Loira, o intervalo transcorreu na maior paz.

Teria sido um dia totalmente normal, se o Pai da Menina não tivesse ido à escola conversar com a Diretora.

O Pai da Menina estava indignado com a tal da brincadeira de mau gosto que deixou a filha tão traumatizada que a Menina não queria ir nem ao banheiro da própria casa.

A Diretora explicou ao Pai da Menina o que havia ocorrido e garantiu que após as investigações, caso realmente tivesse sido uma brincadeira de mau gosto, os culpados seriam punidos, mas disse ao Pai que acreditava ter sido algum tipo de *"impressionamento"* da Menina.

O FIM DE SEMANA

Pedrinho procurou a Menina na escola, descobriu a série, a sala e até que ela era boa aluna, mas nada de conseguir falar com ela, pois ela não apareceu mais na escola durante todo o resto da semana. Ele pensou em ir até a casa dela, mas lhe pareceu meio invasivo. A Menina poderia estar meio assustada, além do mais ele mal a conhecia. O jeito seria esperar o início da nova semana para ver se ela aparecia na escola.

O final de semana foi longo e a turma só se falou "pela tecnologia", pois apesar de estudarem na mesma escola não moravam muito pertinho uns dos outros. Foi e-mail, foi chat, foi telefone fixo, foi celular, foi credito que se acabou e o tal do:

- Liga *pra* mim que meus créditos estão no fim.

Traçaram planos, montaram investigações, pensaram nas pessoas que poderiam estar interrogando, mas o que lhes parecia o principal ficava sempre faltando. Checar a história da Menina. É claro que o Magrela se prontificou a ir na casa dela, a ligar para ela, a consolá-la, a ficar o fim de semana inteirinho na porta da sua casa, só como forma de apoio... é claro, mas a turma não aceitou nenhuma de suas idéias, o que ele não entendia porquê.

O Pedrinho foi visitar sua avó que morava em uma cidade pequenina e não muito longe. Pensou que poderia aproveitar o passeio para, além de matar a saudade da vovó, arejar um pouquinho a cabeça. Apesar de não querer admitir, sentia que estava um pouco nervoso com a tal história.

Sua avó morava numa casa bem legal, grande como toda casa antiga no interior e bem no limite entre a cidadezinha e o campo. No fundo da casa passava um pequeno riacho e ao longe podia se ver as plantações que pareciam tocar o céu no horizonte.

Sua avó perguntou que tanto ele falava no celular, no início achou melhor fugir do assunto, mas depois resolveu contar a história para a doce velhinha. Ela era tão esperta e tão vivida que talvez pudesse lançar alguma luz sobre o mistério da Loira do Banheiro.

A avozinha prestou atenção a cada detalhe da fantástica e assustadora história de seu netinho, sua fisionomia acompanhava a narrativa de Pedrinho que ao perceber o envolvimento da avó caprichava no ênfase e nos detalhes.

Quando Pedrinho terminou o último detalhe do que havia ocorrido, a avó sem titubear decretou em vós séria e grave:

- É fantasma!

Pedrinho ficou assustadíssimo. Será que ele realmente tinha visto uma assombração?

- Será vovó? Acho que não! Estou mais é achando que tem algum engraçadinho passando algum tipo de trote na gente.

- Engraçadinho João Pedro?

Quando Pedrinho ouviu seu nome inteiro percebeu que a coisa estava ficando séria mesmo. Ninguém o chama de João Pedro se a coisa não estiver muito preta. Quando a sua mãe ou seu pai o chamam assim é bronca na certa. Na escola então nem se fala, o João Pedro vem sempre acompanhado por um sério e formal "senhor".

- Que adulto você conhece que se daria a este trabalho só para assustar um grupo de garotos? Ainda mais dentro da escola, correndo o risco de ir parar na cadeia por invasão ou sei lá o que, que certamente achariam para prender a tal maluca.

- Sei lá vovó – disse Pedrinho meio cabisbaixo.

- É fantasma! – reafirmou incisivamente a avozinha.

HISTÓRIA DE ARREPIAR

- Aqui mesmo nesta cidade várias histórias de fantasmas aconteceram, até mesmo com gente da família - afirmou a avozinha.

- É mesmo! – exclamou o interessado netinho.

- Lembra do tio Grandão?

- Claro, é aquele que mora no outro estado?

- Este mesmo. Ele já namorou uma fantasma.

- O quê?

Repetiu pausadamente a avó:

- Ele já namorou uma fantasma, com um tom de terror, e completou, aqui nesta cidade.

Pedrinho não sabia se pedia para a avó contar a história ou se ia dormir, pois não tinha a menor dúvida, tava mortinho de medo.

Epa! Mortinho não, vamos mudar esta palavrinha. *Tava* com um medo danado.

Mas parece que sua curiosidade era maior que seu medo e ele acabou por não resistir...

- Que história é essa do tio Grandão ter namorado uma assombração?

- Assombração não, fantasma – corrigiu a avó.

- Que diferença tem isso? Fantasma e assombração são a mesma coisa, não são? - A certeza que imprimiu na entonação do início de sua fala certamente não combinava com a dúvida do final dela.

A avozinha com a maior paciência do mundo e com uma voz terna iniciou sua explicação ao netinho.

- Assombração é o terror proveniente de causa inexplicável ou o pavor motivado pelo encontro ou aparição imaginária de coisas sobrenaturais. Já o fantasma é uma visão terrífica, medonha, apavorante ou o suposto reaparecimento de defunto ou de alma penada, em geral sobre forma indefinida e evanescente, quer no seu antigo aspecto, quer utilizando tributos próprios como sudário ou se preferir pode chamar de lençol...

- Como é que a Sra. Sabe tudo isso? - Pedrinho interrompe espontaneamente com o queixo quase batendo no chão.

- É só procurar no "Aurélio", disse a avozinha *"tirando"* o netinho com uma vozinha sacana.

- No dicionário – traduziu Pedrinho, para ele mesmo.

- É Pedrinho, confirma a vovó pacientemente.

- A senhora vai contar a história vovó?

- Vou sim Pedrinho, mas antes eu vou pegar um leitinho e umas coisinhas para a gente beliscar.

Pedrinho teve que se conter para não impedir a avó de ir pegar as guloseimas, mesmo porque intuía que não adiantaria tentar.

O MAGRELA EM AÇÃO

Não era muito perto da escola e menos ainda da casa do Magrela, mas mesmo assim ele resolveu ir até lá. Afinal, a turma não concordava com seu plano de ação, aquele de consolar a Menina, além disso, ele não aguentava a inércia proporcionada pelo fim de semana e resolveu entrar em ação.

O Magrela lembrou se que já havia algum tempo que algumas coisas estranhas estavam acontecendo na escola. Coisas pequenas, verdadeiramente insignificantes, mas juntas começavam a delinear um perfil estranho para tudo aquilo.

Algumas coisas que sumiam repentinamente e da mesma forma apareciam, muitas vezes em lugares extremamente estranhos, como apagadores grudados no teto ou cestos de lixo em cima das portas. Na maioria das vezes eram interpretados como arte dos alunos e rendiam enormes sermões éticos ministrados pelo Coordenador Pedagógico.

Magrela juntou os fatos, analisou, refletiu e chegou a conclusão de que algo realmente estranho estava acontecendo naquela escola e certamente começaram a acontecer depois da chegada daquele professor estranho.

Ele dava aula de filosofia, sociologia, psicologia e sei lá mais o que para quase todas as séries e turmas. Fazia parte de uma filosofia de humanização da educação na escola, segundo o que diziam as coisas deveriam ser diferentes, as pessoas deveriam ser mais críticas e reivindicativas.

- Passamos muito tempo sem estas matérias reflexivas, que levavam os alunos a pensar mais, mas agora não, afirma o Coordenador Pedagógico, podemos ter aulas do que quisermos desde que respeitemos os mínimos estabelecidos pela Lei.

Os gêmeos ruivos moravam pertinho da casa do professor e pelo que ele já havia ouvido falar, eles sabiam de umas histórias estranhas sobre o professor, a mais estranha delas era a de que ele havia atravessado a parede ou algo parecido, em uma aula de filosofia.

O ônibus estava chegando ao ponto e o Magrela logo se apressou para descer.

O Magrela havia jogado bola no mesmo time do Menino Ruivo e eles tinham ficado muito amigos na ocasião, depois ele acabou mudando o horário de seu treino e perdido um pouco do contato com o menino. Só o via de vez em quando na escola, durante o intervalo ou na entrada, mas quando o Magrela ligou para o Menino Ruivo, foi tão bem atendido que ficou muito à vontade para solicitar a visita.

- Claro, disse o Menino Ruivo, vai ser um prazer, acho que vamos nos divertir muito espionando o professor.

- Antes de espionar o professor gostaria de saber da tal história do *atravessamento* de parede e de outras que *tô* sabendo que existiram - disse o Magrela de forma investigativa.

A reação do Ruivo foi muito estranha, pensava o Magrela enquanto caminhava o quarteirão que o separava da casa dos gêmeos ruivos. Primeiro ele ficou mudo, depois negou a história e depois ainda disse que não tinha visto nada, mas que sabia um pouco do que havia acontecido.

O Magrela havia achado melhor não insistir pelo telefone, já havia marcado o encontro e em pouco tempo estaria cara-a-cara com a sua fonte e como seu pai dizia, nada melhor que olho no olho para se tratar determinados assuntos e para o Magrela certamente este era um dos tais "determinados".

PAIXÃO INSTANTÂNEA

Finalmente o Magrela chegou a porta da casa dos gêmeos e tocou a campainha. Os gêmeos moravam em um belo sobrado, aqueles de estilo antigo, grandes e bem conservados.

- Puxa! Pensou o Magrela, este sobrado deve ter sido do tataravô da dinastia ruiva.

A porta do castelo, digo do casarão, se abriu como em um filme de terror rangendo e estalando, mas logo em seguida transformou-se em um contos de fada. Uma menina linda, com uma roupinha colada no corpo saiu daquela porta, aos olhos do Magrela ela parecia flutuar em câmera lenta vindo em sua direção, praticamente um sonho.

- Oi! Disse alegremente a linda Menina Ruiva.

- Oi! Disse o Magrela quase babando.

-      Você deve ser o amigo que meu irmão disse que viria nos visitar, afirmou a linda criatura.

- É.

- Meu irmão tá lá no sótão pegando uns binóculos e outras tralhas.

O Magrela ficou ali parado olhando para a Menina Ruiva sem conseguir falar nada.

A menina olhou para o paralisado menino e perguntou:

- *Ce tá* passando bem?

- Ah! Exclamou o Magrela como que saindo de um transe.

- Você só sabe falar monossílabos?

Como quem leva um tapa para sair de um transe o Magrela voltou a si.

- O que? Monossílabos? Que *ce tá* falando? Você é professora de português ou qualquer coisa parecida?

- Claro que não! Sou estudante assim como você. Porquê?

- Que papo é esse de monossílabo? Perguntou o Magrela já nem achando a Menina Ruiva tão lá essas coisas.

- Você disse só monossílabos até a hora em que eu perguntei à você se só falava monossílabos.

- Existe alguém que só fala monossílabos? Questionou o Magrela achando que estava *tirando* a ruivinha.

- Claro! Vários casos estão registrados em livros científicos, é uma anomalia, mas...

- Anoma... o quê? Interrompeu o Magrela achando aquela menina intelectual demais para o seu gosto.

- Anomalia, fora do normal, que foge da normalidade...

O Magrela sentiu um verdadeiro alívio quando viu o irmão ruivo desembestando porta afora com um enfático cumprimento.

- E aí Magrela tudo bom?! Vejo que você já conheceu a minha irmã, vamos entrar.

O QUESTIONÁRIO

O Gordo, a Garota da Sala do Pedrinho e o Representante de Sala, mesmo sem a participação do Magrela, que disse que teria de sair, resolveram que era extremamente necessário o confronto idôneo das histórias.

- Para que nós tenhamos as versões das histórias sem contaminação certamente precisaremos de um instrumento único para posterior confronto.

- Dá *pra* traduzir? Solicitou o Gordo ao Representante de Sala.

Mas quem respondeu foi a Garota da Sala do Pedrinho escrevendo rapidamente no teclado de seu computador.

- Ah! Entendi, teclou o Gordo, precisamos saber da história dos dois sem que um fique sabendo da versão do outro para não haver contaminação.

- É isso aí! Por isso acho que devemos elaborar um questionário único, com questões que se prestem a investigar a versão de cada um deles da história – tecla o Representante de Sala.

A Garota da Sala do Pedrinho propõe que eles elaborem o questionário off-line e que depois troquem as versões do questionário, as examinem e depois tentem tirar um único questionário com o que há de melhor em todos eles. A proposta é prontamente aceita pelo Representante de Sala, já o Gordo aceitou meio contra gosto, mas aceitou.

No horário marcado lá estava a Garota da Sala do Pedrinho e o Representante de Sala, os dois se *entre teclaram* e combinaram de enviar as suas versões do questionário via e-mail, mas "cadê o Gordo?" Teclou o Representante de Sala.

Logo em seguida veio a resposta. "Sei lá, mas deixa comigo que eu ligo *pro figura* e cobro o questionário dele".

- Combinado, assim que analisar os questionários a gente volta a se falar.

- Ok!

Cerca de meia hora depois a Garota da Sala do Pedrinho ligou para o Representante de Sala:

- E aí o que você achou dos questionários? Conseguiu falar com o Gordo?

- Falei sim.

- E ele fez o questionário?

- É, mais ou menos.

- Como é que se faz um questionário mais ou menos?

- Bom, eu liguei para ele e falei que nós havíamos feito o questionário e que ele tinha cerca de trinta perguntas cada um.

- E daí?

- Ele me disse que só tinha conseguido fazer uma.

- Só uma?

- Pois é, ele disse que não via necessidade de fazer outras perguntas se o objetivo era ouvir a história de cada um era só perguntar o que aconteceu e ouvir a história, antes que eles se conversassem.

O fone ficou sem utilidade por alguns instantes. Ninguém dizia nada.

- Bom... Disse o Representante vagamente.

- É, eu pensei a mesma coisa, disse a Garota meio que lendo o pensamento do Representante.

- Então tá. O que a gente faz então?

- Eu pergunto para a Menina assim que chegar na escola segunda-feira.

- E eu falo com o Pedrinho antes da gente ir para a escola, eu vou passar na casa dele e converso no caminho da escola.

- Feito. Concordou a Garota.

ATÉ QUE ENFIM É SEGUNDA-FEIRA

O Representante havia ligado para o Pedrinho e combinado de passar na casa dele para eles irem juntos a escola. É claro que o Representante contou para o amigo o real motivo da iniciativa. Além de reportar todos os acontecidos do fim de semana, ouvir detalhadamente a história da tal Loira do Banheiro.

O caminho para a escola pareceu muito curto naquela manhã. Pedrinho ouviu os planos, as dúvidas e a história do questionário.

- É duro admitir, mas o Gordo tem razão, é só ouvir a história de um e a do outro para saber o que coincide ou não, de repente a gente descobre que foi uma espécie de alucinação ou coisa parecida.

- Só se for alucinação coletiva, porque pelo que diz a boataria vocês dois viram a mesma Loira.

- Ah! Sei lá... Não adianta ficar especulando, vamos ter mesmo que ouvir a história da Menina.

- E a sua também - cobrou o Representante - e rica em detalhes, pode ir contando tudinho. E vê se não esquece nada, nenhum detalhe.

Pedrinho contou a história mais uma vez, e com muita atenção tentando lembrar dos mínimos detalhes. Quando terminou, eles já estavam praticamente dentro da escola e tudo parecia estar totalmente normal, como se nada tivesse acontecido.

A Garota da Sala, quando viu os dois chegando, foi direto na direção deles, o Gordo e o Magrela também, os dois sentiram-se como um imã caindo num pote de alfinetes e o pior é que quase todos os alfinetes, quero dizer, os amigos chegaram praticamente ao mesmo tempo e falando.

A Garota queria contar a conversa que havia tido com a Menina, o Magrela queria falar da investigação na casa dos gêmeos ruivos e o Gordo queria falar sobre uma ideia que havia tido. Enfim, apesar de todos quererem falar, chegaram à conclusão de que saber a versão da história da Menina era o mais importante para aquele momento.

Ela começou a narração:

- Bom gente, não foi nada fácil, a Menina não queria saber de falar no assunto e piorou ainda quando eu falei que a gente estava investigando.

- Pula as preliminares e vai direto ao assunto, cobrou impacientemente o Gordo e completou perguntando, ela contou ou não a tal história.

A Garota fez um momento de suspense e assentiu com a cabeça. Um alívio silencioso quase pode ser ouvido.

Mas desta vez a impaciência e a cobrança da história vieram do Pedrinho. "E aí! Sai ou não sai esta história?".

Na medida em que a Garota ia contando a história todos iam ficando arrepiados, em especial o Pedrinho e o Representante.

Quando a Garota terminou de narrar a história Pedrinho exclamou:

- *Caracas!* Se ela estivesse no mictório ao invés de no espelho a história seria praticamente a mesma.

- Será que ela ouviu a sua história de alguém? Questionou o Representante.

- Eu perguntei para ela, disse a Garota fazendo suspense.

- E o que ela disse? Quis saber o Magrela.

- Ela não sabia de nada, soube de uma tal bagunça, mas não sabia direito do que se tratava, ela ficou acabada quando eu falei que você também tinha visto a Loira, eu acho até que ela foi embora.

- Não é possível que depois do *show* todo que o Pedrinho deu ela não ficou sabendo de nada, afirmou o Representante.

- Pois é também pensei nisso, mas o Pedrinho só contou, com mais detalhes para a gente, não foi? A Garota questiona Pedrinho.

- Só falei para vocês e para a Diretora e acho que ela não iria sair contando a história por aí.

- Também acho que não, mas mesmo que ela tivesse contado para todo mundo, duvido que aquela gracinha ia inventar uma história desta e tão cheia de coisas iguais, algodão, lençol branco, abraço, sangue...

- *Tá* bom Magrela, pode parar, nós já pegamos o espírito da coisa, disse o Pedrinho, todinho arrepiado.

- Espírito mesmo! Brincou o Gordo, sobre os olhares de censura de todos.

O sinal soou e os alunos começaram a movimentar-se no sentido das salas de aula como um grande rebanho.

Os amigos afastaram-se um pouco para dar passagem à boiada e usaram os últimos segundos para marcar uma reunião na casa do Pedrinho, pois além dele ter um quarto só dele no fundo da casa, sua mãe era ótima cozinheira e adorava agradar os amigos de seu único filho.

AGORA QUEM FALA É A SERVENTE

Segunda-feira, todo mundo assonado, aulas lentas e monótonas, ritmo lento, muito lento. Tudo parece estar em *"slow motion"*, alguns ainda no fim de semana, outros já esperando o próximo, em suma, tudo supernormal para uma segunda-feira.

A esta altura do ritmo, nem mesmo o pessoal da turma *tava* preocupado com o que estava acontecendo, o movimento era puramente inercial, tudo estava indo... Só indo.

O Magrela estava pensando em como gêmeos podem ser homem e mulher e serem tão diferentes, além do sexo, é claro.

O Gordo estava articulando os últimos detalhes do que ele acreditava ser o plano do século.

O Representante pensava nos detalhes das duas histórias e se era possível ser coincidência.

A Garota pensava em buscar precedentes para a história na Internet.

Pedrinho ainda tentava se convencer de que tinha sido uma brincadeira de mau gosto, apesar de não conseguir acreditar muito em si mesmo, principalmente depois do fim de semana com a vovó.

A primeira aula estava quase findando quando um grito ressoou pelos corredores. O pessoal não sabia o que fazer, nem alunos nem professores, nem direção, nem ninguém. A sensação de peixe no congelador pegou a todos.

Ainda bem! Caso isso não tivesse ocorrido a vergonha da Servente teria sido maior. Ela corria pelo pátio da escola tentando abaixar o vestido ao mesmo tempo em que subia sua roupa íntima e como você pode imaginar a combinação não era muito possível.

O socorro veio de várias partes. Da direção, da cantina, da secretaria e apesar de nada ter sido combinado, os professores contiveram os alunos na sala de aula, pois sempre tem aqueles mais curiosos que querem fazer parte da história.

A Servente foi auxiliada com suas roupas e levada como nos outros casos para a diretoria, mas desta vez não tinha ninguém para levar água com açúcar para a afetada.

O que parecia ser uma brincadeira agora envolvia uma adulta. A Loira novamente atacava.

O pessoal nas salas de aula se contorcia de curiosidade, e os professores também, mas tentavam se conter e retomar as aulas. O sinal tocou e os professores mal conseguiram pegar suas coisas para sair da sala. Os corredores ficaram lotados e a fala era uma só...

"A Loira do Banheiro atacou de novo"

Pedrinho sentindo-se parte da história correu para a diretoria, queria ver quem era a vítima desta vez. Foi a sorte, se ele não tivesse ido direto para lá certamente não teria ouvido parte da fala da Servente e tudo certamente teria ficado como parte da boataria.

A Diretora ao ver Pedrinho perdeu o controle, levantou da mesa aos gritos e mais uma vez Pedrinho ouviu seu nome inteiro.

- João Pedro! Posso saber o que o senhor está fazendo aqui? E sem dar chance a uma resposta emendou, pode voltar já para a sua sala.

Virou-se para a Servente e ordenou. "Não saia daqui. Eu vou pôr ordem nesta bagunça" e saiu em disparada rumo aos corredores lotados.

Parecia desenho animado, o pessoal via a Diretora e *zuncava* para dentro da sala. Quando ela chegava na porta da sala tava todo mundo, direitinho sentado no seu lugar e foi assim até a última sala do corredor, o pessoal não deu nem chance para um de seus famosos discursos.

Após a peregrinação a Diretora voltou para sua sala, respirou fundo e disse pausadamente para a Servente. "Agora a senhora pode falar, conte tudo desde o início".

A Servente não pestanejou. Respirou fundo e disse:

- Será que a senhora pode arrumar um copinho de água com açúcar para mim?

A SERVENTE CONTA SUA HISTÓRIA

Após o terceiro copo de água com açúcar, que a própria Diretora se encarregou de preparar a Servente respirou fundo e começou.

- Eu estava lá super de bem com a vida cantarolando aquela música... A senhora sabe? "Já sei *namora* já sei beijar de língua..."

A Diretora interrompe e segurando seu nervosismo diz com a voz contida:

- Será que a senhora pode contar a história?

- Mas a senhora disse que queria a história todinha. Eu tava cantando e...

- *Tá* bom, *tá* bom eu sei qual é a música pode continuar.

- Então, eu estava lá limpando o banheiro de repente me deu a maior vontade de fazer o número dois, sabe *né*?

- Sei, sei, e aí?

- Aí eu fui para uma portinha que eu tinha acabado de limpar, e a senhora sabe *né*? Quando eu limpo eu limpo direitinho, dá até para a gente usar...

- É eu sei e daí?

- Daí eu tava lá me concentrando e de repente eu vi um vulto, então eu olhei e lá tava ela...

- A Loira?

- Exatamente, como é que a senhora sabe?

A Diretora ignorou a simplicidade da Servente e insistiu. "Continue".

- Então, ela passou bem *devagarinho*, bem em frente da porta do reservado, que eu tinha deixado aberta...

- E aí? Perguntou a Diretora sentindo seus pelinhos tentando fugir do corpo.

- Aí? Aí eu não sabia se eu saía de lá ou se tentava entrar pelo esgoto, mas como a senhora pode ver eu to meio gordinha e não dava para sair pelo esgoto, então eu fechei os olhos e sai correndo e gritando *pra* ver se alguém vinha me socorrer...

- O que mais? Como ela era? Como ela estava?

- Ela era loira, muito bonita, branquinha que só e *tava* toda de branco, como se estivesse com um lençol sobre o corpo e quando ela olhou para mim eu pude ver que ela tinha uns tufos de algodão no nariz e nas orelhas...

A voz da Servente foi ficando ao fundo, um milhão de outras coisas passavam pela cabeça da Diretora, e todas ao mesmo tempo, até que a voz sumiu.

Quando a Diretora acordou estava todo mundo ao redor dela e a Servente com um copo de água com açúcar esticado para ela.

FINALMENTE A HISTÓRIA

"Só de lembrar eu fico arrepiado!"

"Minha avó tem certeza que a Loira é uma fantasma. Ela me contou uma história de arrepiar".

- Para de enrolar e conta logo esta história – disse a Garota demonstrando impaciência, e ainda complementou – você já falou desta tal história para todo mundo e nada de contar para ninguém, eu *tô* achando que você *tá* inventando tudo isso só para pôr medo na gente.

- Ah é! Então senta que lá vem história.

A Garota deu um sorrisinho de vitória e sentou para ouvir a tal história.

Pedrinho começou a narrar a história com voz grave e pausada.

"Meu tio Grandão até saiu da cidade depois do que aconteceu..."

- O que aconteceu? - Perguntou o Magrela esbaforido e impaciente.

- Como eu estava dizendo – continua Pedrinho com *cara de bico* para a intervenção do Magrela – meu tio Grandão foi para um baile na cidade e estava lá bebendo uma cervejinha quando de repente viu uma menina muito linda, foi paixão instantânea...

- Eu sei como é... - suspirou o Magrela sobre os olhares de reprovação de todos.

- Desculpa pessoal, desculpa, continua aí Pedrinho.

- Então, ele ficou ali paquerando a menina, olhando para ela e nada, nada da menina *dar uma pontinha* para ele. Ele resolveu perguntar para o pessoal da turma dele se alguém conhecia a tal da gata, mas ninguém conhecia a *mina*. Dois ou três da turma completaram dizendo que ela deveria ser nova na cidade. Como ele não conseguia ninguém para apresentar a tal menina resolveu ir a luta.

O pessoal estava tão envolvido na história que parecia até que eles estavam vendo a cena, parecia que um filme estava passando enquanto Pedrinho caprichava na enfatização da voz e da história.

O tio Grandão, bem vestido, com seu terno de festa, sabe como é, naquela época o pessoal passava até calor, mas não dispensava um terninho e uma gravatinha básica e a *mulherada* estava sempre com aqueles vestidões e fitas no cabelo, bom ele se aproximou da menina e foi logo solicitando.

"Será que a senhorita me daria a honra desta contradança?"

E ela que além de linda era muito educada e simpática...

"Mas é claro, com muito prazer".

Eles dançaram e conversaram a noite inteira, o tio Grandão estava totalmente apaixonado, a menina era linda, educada, simpática, inteligente e tudo mais de bom que vocês possam pensar. O tio Grandão estranhou que a menina não quis beber e nem comer nada, mas não se preocupou muito com isso ele estava verdadeiramente hipnotizado e com uma sensação imensa de felicidade.

Deu meia noite, e meia noite de lua cheia, aquela bolachona brilhante iluminava todas as ruas da cidade, a fraca iluminação pública era praticamente inútil.

A tal da Cinderela olhou para o príncipe Grandão e disse que tinha de ir embora, pois sua mãe ficaria muito brava com ela, ele, lógico que se ofereceu para levá-la, ela, lógico que recusou a gentil oferta. A insistência foi tanta, que a Cinderela percebeu que seria mais rápido aceitar a companhia do que ficar se desculpando.

O Grandão percorreu metade da cidade com a gata e quando chegou em uma ruazinha, perto de casa nenhuma, ela disse ter chegado. O Grandão insistiu em levá-la até a casa, mas ela disse que era muito cedo para ele saber onde morava. O Grandão continuou com a mesma tática, mas na segunda insistida ela *tascou* um *beijasso* na boca dele e o deixou ali, totalmente estático, acho que se não fosse sua teimosia e curiosidade ele estaria parado lá até hoje.

Ao ver a Cinderela virar a esquina e não deixar nenhum sapatinho de cristal para traz, tratou de sair do transe e correr atrás dela. Como o Grandão tinha umas *pernassas* daquelas, em dois passos logo chegou a esquina, e bem a tempo, pois se demorasse mais um segundo não teria dado tempo de vê-la entrar em uma singela casinha, daquelas antigas, sem garagem na frente, aquelas que a porta da sala já dá na calçada, sabe come é?

O Grandão foi para a casa aos suspiros, não vendo a hora de chegar a semana seguinte. Ele havia marcado *uma ponta* com a gata no próximo baile.

Toque, toque, toque...

A cena desaparece com o barulho dos nós dos dedos da mãe do Pedrinho batendo na porta.

A coisa estava tão forte que o pessoal levou o maior susto, até o Pedrinho, depois de um certo tempo que estava falando, parecia estar vendo a história e com o toque-toque da mãe quase caiu da cadeira.

Mas não dava para reclamar, ela equilibrava uma bandeja com uma pilha de sanduíches e uma enorme jarra de suco.

O Gordo não se conteve e soltou um enorme "OBA!"

DE OLHO NO CARA

Os binóculos ajudavam, mas não pareciam ser o suficiente, o Ruivo não tinha perdido um só movimento do tal professor e o que aconteceu de mais estranho foi a quantidade de tempo que aquele cara ficava lendo. O *figura* lia até no banheiro, não que ele ficasse olhando o cara lá, mas toda vez que ele ia ao w.c. levava um livrinho na mão.

As investigações não pareciam estar indo muito bem. A mana voltou para o sótão com uma tigela cheia de pipoca e duas latinhas de refrigerante.

- E aí, o que o cara fez de diferente?

- Nada – disse o desanimado mano.

- Não acredito este cara fica metade do tempo que tem lendo e a outra metade dormindo, o cara mal assiste uma tevezinha.

- E quando assiste vê aqueles filmes estranhos, que ninguém mais assiste ou jornal.

- *Péra aí!* Jornal é importante de assistir, pelo menos assim a gente fica sabendo o que se passa no mundo.

- *Tá* bom, importante, mais que é *chato pacas* é, isso você não pode negar.

A irmã dá de ombros *pro* mano e acha melhor não alongar a discussão.

- Acho que a nossa investigação deve tomar um outro rumo, vou dar uma ligada *pro* Magrela - sacando o celular enquanto fala - e contar o que nós descobrimos até agora para ver se ele tem alguma ideia do que fazer – disse o Ruivo equilibrando o celular no ombro enquanto estava enchendo a boca com uma mãozada de pipocas.

A Ruiva arrancou o celular do ombro do mano desligou o aparelhinho e disse:

- Não acredito que você vai fazer uma coisa destas!

- Fazer o que? Perguntou o Ruivo sem entender nada.

- Ligar do celular estando praticamente do lado de um telefone fixo. É muita *orelhisse*, você vai detonar seus créditos e pagar muito mais, sem a menor necessidade.

- *Tá* certo eu vou descer e ligar.

Enquanto o mano desce a Ruiva assume o seu posto meio desanimada, mas quando olha no binóculos...Cadê o cara? Do nada e em uma fração de segundos o *figura* tinha sumido. Ela deu um salto do velho sofá e desceu as escadas do sótão de um só pulo.

- O cara sumiu!!

- O quê?

- *Tá* ficando surdo? Eu disse que o *figura* sumiu.

- Como assim?

- Você *tava* lá olhando o cara pelos binóculos e a gente estava conversando, lembra?

- Claro e daí?

- Daí que eu estava olhando também, só que sem os binóculos, eu estava olhando diretamente *pro cara* sentado no sofá e no tempo de levar o olho até os binóculos o cara sumiu.

- Não acredito!

- Pois pode acreditar, o que a gente faz agora?

O Ruivo que não havia tido tempo de ligar para o Magrela e ainda estava com o fone na mão, não teve dúvidas e começou a discar. A campainha tocou e adivinha quem era...

- É o cara! - gritou a Ruiva para o mano que de imediato socou o fone no gancho e olhou assustado para a desesperada Ruiva, que olhava pelo cantinho da janela.

- Fecha a cortina!

- Não adianta, ele *tá* olhando diretamente para mim. E agora o que a gente faz?

SERÁ QUE ESTA HISTÓRIA ACABA?

O *rango* como sempre estava ótimo e como a mãe do Pedrinho já conhecia o apetite de gafanhoto do Gordo, havia trazido uma porção extra, o que garantia que todos pudessem comer um pouquinho, pois de outras vezes teve quem bobeou e não conseguiu comer nem os farelos.

O Representante deu uma suspirada de satisfeito e disse:

- Então Pedrinho, o físico já *tá* resolvido, agora só falta o espiritual, manda logo o resto da história.

- Onde foi que eu parei?

- Seu tio descobriu onde ela morava... – respondeu o Representante, sendo atropelado pelo Gordo que ainda mastigando o último pedacinho do seu último *sanduba*.

- ...e marcou uma *ponta pro* baile da semana seguinte com a gata.

- Ah! É verdade. Aí o tio passou a semana contando os minutos que faltavam para encontrar a sua paixão, mal conseguia se concentrar em outra coisa. Quando dava uma distraidinha, *tava* lá a tal da loira na cabeça dele...

- Não acredito! - disse o Magrela – é a mesma Loira do Banheiro?

- Sei lá – disse Pedrinho, sobre o olhar tenso de todos – acho que não.

- Mais era loira a tal fantasma do teu tio.

- Quem disse que ela era uma fantasma?

- Elementar meu caro Pedrinho, você está contando uma história de fantasma que a sua avó te contou e na história só tem duas personagens. O seu tio e uma tal loira esquisita, quem será que é o fantasma? Interroga o Magrela no maior deboche, batendo com o punho fechado na testa.

O Pedrinho ainda tentou quebrar o Magrela, argumentando que poderia aparecer uma outra personagem, mas não colou. O Magrela olhou para o Pedrinho e continuou:

- Então *tá*, vamos ver o quanto você é criativo.

- Não estou falando que tem outra personagem, só disse que poderia ter.

- *Tá* bom - interviu a Garota – então deixa o Pedrinho continuar a história.

- Certo – concordou o Magrela.

O Pedrinho fingindo que nada havia ocorrido, continuou do ponto em que tinha parado.

- Finalmente chegou o dia tão esperado. A música *rolava* solta, o tio Grandão todo engomadinho, como mandava a moda da época, não conseguia se aguentar de ansiedade e nada da tal loira linda aparecer. O tio *tava* quase perdendo as esperanças quando de repente, como se fosse um daqueles filmes de *Hollywood*, a *loirona* entrou na festa. Tudo parou para o tio Grandão e foi, para ele, como se mais nada existisse.

- *Putz*! Seu tio *tava gamadão* mesmo – exclamou a Garota

- Ou é o Pedrinho que está floreando demais a tal história – tenta *sacanear* o Gordo, entrando na onda do Magrela, mas sem muito sucesso, pois exagerando ou não a turma *tava* muito interessada na tal história.

Pedrinho sem pensar retomou rapidamente o conto. "Ela além de ser linda estava produzidíssima, uma gata. Meu tio nem pensou, foi desviando das pessoas que estavam entre eles até chegar na gata. Aqueles segundos que os separavam pareciam eternos, mas finalmente ele chegou até ela e disse":

- Oi tudo bem? Estava com medo que você não viesse.

Ela respondeu rapidamente e com a cara de quem não gostou muito da fala do tio:

- Se eu prometo eu cumpro, pode estar certo disso.

O tio que não era bobo nem nada tratou logo de acertar a mancada:

- É claro que sim, foi só uma forma de falar.

A loira deu de ombros e perguntou se o tio queria dançar. O tio foi logo grudando a loira. Eles passaram a noite toda dançando, mas a loira fez o tio prometer que deixaria ela ir embora antes da meia noite e sozinha. Como o tio percebeu que ia perder muitos pontos insistindo com a gata, foi logo concordando.

O TIO SE DECLARA

Quando deu onze e meia a gata pegou o tio pela mão e foi para fora do baile, lá fora não precisa nem falar, *né*? Rolou o maior *amasso*, com beijo de língua e tudo mais. Aí a loira deu um último beijo no tio e foi saindo. O tio pegou a gata pela mão e foi se declarando:

- Estou apaixonado por você, sei que é amor e dos grandes, eu quero algo mais sério, você quer namorar comigo?

- Eu pensei que nós já estávamos namorando.

- Claro que sim, mas eu achei que seria legal oficializar isso com as palavras.

- Claro, muito legal. Eu aceito namorar você.

A essa altura o tio já estava se derretendo.

- Eu quero você para sempre – *melou* ainda mais o tio.

- Você tem certeza?

- Absoluta.

- Um dia estaremos juntos para sempre, eu juro.

- Mas eu quero que isso seja rápido, não quero esperar muito.

- Você tem certeza disso? Acho que você está se precipitando.

- Estou certo de que não, eu nunca senti nada igual por ninguém e sei que jamais sentirei por outra pessoa, então para que esperar?

- Não dá mais para esperar eu preciso ir.

A loira deu mais um *beijasso* no tio e saiu rapidamente pela rua. O tio deu um tempinho e se mandou atrás da gata. Foi seguindo ela pela cidade bem de longe para que ela não visse. A gata foi direto para a casa da semana passada.

Quando ela chegou na porta, deu uma olhadela para cada lado, olhou no relógio e entrou na casinha.

O tio quase caiu para se esconder atrás de uma árvore, se a gata o visse *tava* armada a roubada. O tio olhou no relógio e pensou "Chegou bem na hora, meia noite em ponto."

O tio foi para casa cantarolando de alegria e fazendo os planos para o dia seguinte. Como ele não havia prometido nada e nem marcado nada, pensou que não teria nenhum problema fazer uma visitinha no dia seguinte.

- E ele foi? – Questionou o Magrela totalmente envolvido no clima da história.

- Claro! Ele comprou logo dois ramalhetes de flores, um para a gata e outro para amaciar a *coroa*, pois pelo jeito a mãe era bastante rígida, mas também com uma filha maravilhosa daquela, tinha mais é que ser.

A REVELAÇÃO

Pedrinho dá umas goladas num copo de suco que estava ali por perto e continuou com a maior empolgação:

- Com a mesma *ropítia* de festa foi todo feliz para a casa da gata, cantarolando e ensaiando o que ia dizer para a fera da mãe. Quando chegou na porta deu uma última arrumada no topete...

- Topete – disse o Gordo tirando o sarro.

- É topete! - repetiu Pedrinho sem perder o embalo e continuou – bateu na porta e aguardou, tornou a bater e nada, quando ia bater pela terceira vez a porta se abriu e uma velhinha franzina surgiu de trás dela.

- Em que posso lhe ajudar? – disse a aparentemente simpática velhinha.

- Eu gostaria de falar com sua filha – disse o tio ajeitando os ramalhetes no braço para ficar com a mão do cumprimento livre.

- Acho que deve ter algum engano! – exclamou a velhinha.

- Estou certo de que não – afirmou confiantemente o tio que a essa altura já havia visto um retrato da gata pregado na parede bem de frente da porta.

- Mas eu não tenho filha.

- E aquela moça do quadro, quem é?

A velhinha virou-se como se nunca tivesse percebido que o quadro estivesse na parede. Olhou por uns momentinhos para o quadro envelhecido e retornou a olhar para o moço que estava a sua frente, todo engomadinho e com o braço repleto de flores. Seus olhos encheram-se de lágrimas e ela disse pausadamente:

- Aquela moça é minha filha sim, mas ela já morreu a mais de dez anos.

As pernas do tio bambearam, os braços caíram ao lado do seu corpo despencando flores para todos os lados. A velhinha, percebendo que não era uma brincadeira de mau gosto, segurou no braço do quase desfalecido rapaz e o abaixou para que ele sentasse no degrau da porta. Não deu dois segundos e a velhinha já tinha ido e voltado com um grande copo de água com açúcar, santo remédio para susto e tonturas, como você já deve ter percebido, pois todo mundo que passa mal neste livro acaba sendo embebedado por esta solução.

- A senhora deve estar brincando – disse o tio enxugando a testa com um lenço que havia sacado do bolso.

- Não, não estou e para falar a verdade se o senhor não estivesse quase desmaiado aí no chão eu acharia que a brincadeira era sua.

- Gente que história louca! É verdadeira Pedrinho? – pergunta o Representante totalmente envolvido com a história.

- Minha avó jura que é.

- E o seu tio? Perguntou a Garota, curiosa com o desfecho.

- Meu tio ouviu a história da morte da moça, contou para a velhinha o que havia ocorrido e tratou de se mandar da casa da velhinha, da cidade e depois do estado, para ele quanto mais longe ele estivesse dali melhor ele se sentiria.

- Que história! Exclamou o Gordo, com a barriga roncando de fome.

- E tem mais, completou Pedrinho.

- Mais?

- Mais, respondeu Pedrinho ao ansioso Magrela, lembra o que a loira disse para o meu tio? Pedrinho começa a reproduzir a fala dos dois com a voz fantasmagórica:

"Se eu prometo eu cumpro, pode estar certo disso."

"Eu quero você para sempre."

"Você tem certeza?"

"Absoluta."

"Um dia nós estaremos juntos para sempre, eu juro."

"Mas eu quero que isso seja rápido, não quero esperar muito."

"Você tem certeza disso? Acho que você está se precipitando."

"Estou certo de que não, eu nunca senti nada igual por ninguém e sei que jamais sentirei por outra pessoa, então para que esperar?"

- Putz! Que roubada, por isso que seu tio se mandou da cidade – concluiu a Garota.

Pedrinho assentiu lentamente com a cabeça.

- Para ele quanto mais longe de lá, mais longe ele ficaria da morte.

O Gordo levantou morrendo de fome, despediu-se do pessoal e *se mandou,* puxando a filinha com o resto da turma, que se despedia do Pedrinho e marcava de se encontrar na escola no dia seguinte.

O ENCONTRO

Não tinha mais o que fazer, o Professor já havia visto a Ruiva na janela e estava esperando que alguém atendesse.

A mana fechou a cortina e meio sem saber o que fazer foi em direção da porta, o mano fez sinal de "o que se pode fazer", abrindo os braços e a mana foi abrindo a porta meio sem jeito, e para falar a verdade se borrando de medo.

"Boa tarde!" – cumprimentou enfaticamente o Professor.

- Boa tarde! Responderam em uníssonos os encabulados irmãos.

- Eu sinceramente gostaria de saber o que está motivando os senhores a ficarem me observando, pois se os senhores não sabem isso é invasão de privacidade e se não é crime é no mínimo algo antiético e muito desagradável. – desabafou o Professor em voz forte e pausada, mas com um tom muito educado.

- Observando o senhor? – tentaram disfarçar os gêmeos.

- Ora por favor... Não se façam de rogados, não menosprezem minha inteligência. – fala o Professor meio impaciente.

Os gêmeos, envergonhados e cabisbaixos falaram juntinhos: "Desculpe"

O Professor até soltou os ombros e com voz paterna diz:

- Tudo bem meninos, mas que raio de observação maluca é esta?

- Não foi por mal. Disse a Ruiva.

- Nós não queríamos ofender – completou o mano.

- Tudo bem até acredito que vocês não queriam ofender, mas qual era o objetivo disso, invadir minha privacidade?

- Não Professor, nós estávamos fazendo uma investigação. – disse o Ruivo.

- Investigação, mas o que significa isso?

- Eu explico Professor. - disse a Ruiva calmamente.

A Ruiva explicou para o Professor as coisas estranhas que estavam acontecendo na escola detalhadamente. O Professor quis saber o que ele tinha a ver com as tais coisa estranhas e o Ruivo logo emendou um:

- Se atravessar parede não é algo suspeito, eu não sei mais o que é suspeito então.

- Atravessar parede! - Estranhou o Professor.

- É Professor, muitas das coisas estranhas que minha mana disse, se não forem todas elas, começaram a acontecer após sua chegada na escola.

- E todo mundo na escola diz que o senhor atravessou uma parede em plena aula – completou a Ruiva.

- Acho que sei o que foi. – afirmou o reflexivo Professor.

- O senhor atravessou mesmo a parede da sala de aula? – perguntou a espantada Ruiva.

- Eu vou explicar para vocês.

- Então é verdade? – Questiona o Ruivo impressionado com a fala do mestre.

- Calma que eu vou explicar para vocês.

A TEORIA DOS GÊMEOS

- Eu estava pensando...

- Não brinca com coisa séria Magrela, você pensando?

- Ah! Para com isso Pedrinho, é sério mesmo, eu estou *amarradão* naquela ruiva linda, *tá* certo que ela é meio intelectual, mas as intelectuais adoram os caras mais *largadões* assim como eu.

- Vai sonhando – brinca mais uma vez Pedrinho.

- Eu não vou te falar mais nada – levanta e sai meio emburrado.

- Calma Magrela desculpa, eu só estava brincando com você.

- Às vezes eu acho que você exagera, só porque eu *tô* sempre brincando não significa que eu não tenha sentimentos.

- Perdoe Magrela – com voz chorosa diz Pedrinho de joelhos segurando o braço do amigo.

- *Tá* vendo Pedrinho, eu estou abrindo meu coração e você fica tirando sarro.

- Desculpa Magrela, fala Pedrinho levantando-se da posição de reza, mas você vive brincando, acho que você deveria entender quando os outros brincam com você.

- Não, normal, é claro que eu entendo, mas agora eu queria conversar a sério com você.

- Claro Magrela, vamos nessa. Foi por isso que você ficou mais?

- Foi, é que eu considero você um verdadeiro irmão e queria me aconselhar com você.

- Pula no *cangote da gata, tasca um beijasso* nela e *manda bala.*

- Se você não for conversar a sério eu vou me mandar –
ameaça o Magrela meio entristecido.

- Não *brother*, desculpa mesmo, *foi mal, fala aí*, eu não vou
mais *atravessar*.

- *Tá* bom, senta o Magrela e começa logo a falar. Eu sabia que
o Ruivo tinha uma irmã gêmea, mas pensei que ela fosse
parecida com ele e levei o maior susto quando me deparei
com aquela garota linda.

- Ela é uma gata mesmo!

- Se é, mas antes de você começar a tirar o sarro eu estava
pensando como é que ela pode ser tão linda e ser gêmea
daquele cara horrível.

- A professora de biologia já explicou não lembra?

- Acho que não, eu devia estar pensando nela.

- Ah! Magrela, você está sempre voando em tudo quanto é
aula e mesmo antes de conhecer a tal ruiva linda.

- Sei lá o que acontece comigo eu não consigo ficar muito
tempo prestando atenção no papo da professora, por mais
que a aula pareça legal quando eu menos espero *tô* lá eu
pensando em outra coisa.

- É eu sei como é, de vez em quando acontece comigo
também.

- Mas e aí, como é a tal história de ser gêmeo e ser diferente?

- *Péra aí* que eu vou pegar um livro que fala disso, acho que
fica mais fácil de explicar com o livro.

- É verdade que eles sentem a mesma coisa mesmo estando
um longe do outro? Será que eles têm mesmo uma ligação
meio telepática entre eles?

- Chega de será Magrela eu vou pegar o livro a gente vê junto o que dá para saber com ele e o que não der a gente procura na Net.

- *Tá!* Concorda o sedento por saber.

Não deu dois segundos e o Pedrinho já tinha sacado um livro da estante e folheava em procura das desejadas informações.

O Magrela já estava sentado ao computador clicando e reclamando.

- Computador é bom, mas é uma canseira procurar as coisas nele. A gente tecla "gêmeos" e pronto, "Resultados 1 - 10 de aproximadamente 176.000 para gêmeos (0,12 segundo)", agora ficou fácil é só eu entrar em 170.000 sites e procurar o que eu quero.

- Por isso que existe o filtro.

- Eu sei, mas mesmo assim é muito difícil, e os professores ainda acham que é só entrar na Net e o trabalho *tá* pronto.

- E tem *uns figuras* que só aceitam se for copiado a mão, como se isso fosse fazer a gente ler. A gente lê se tem interesse, não é o fato de fazer a mão que obriga a gente a entender.

- Se eles soubessem o trabalho que dá pesquisar na Net eles só aceitariam trabalho assim.

- É mesmo! A gente acaba entregando muito menos do que a gente lê.

- Pois é nessa de ficar procurando para não ter que fazer a gente acaba fazendo muito mais, achei!

- Sei que achou. 170 mil, *né?*

- Não acho que achei mesmo, é um site para mulheres grávidas, olha só o que diz:

"As diferenças entre gêmeos idênticos e fraternos"

Em primeiro lugar, a diferença gritante: gêmeos idênticos, como o próprio nome já diz, têm o mesmo sexo e a mesma aparência física; os fraternos, por sua vez, além de poderem ser de sexos diferentes, às vezes nem se parecem tanto, podendo ser tão ou até menos semelhante que irmãos normais.

- São eles diz Pedrinho, com a concordância silenciosa do Magrela que continua a leitura.

Os gêmeos idênticos, também conhecidos como univitelinos, são mais raros e têm uma gestação mais complicada. Os bebês, gerados pelo mesmo óvulo e pelo mesmo espermatozóide, compartilham a mesma placenta, o que gera uma "disputa" pela alimentação. É muito comum, em gêmeos univitelinos, de uma das crianças nascer maior e mais pesada que a outra. Isso significa que foi ela quem ganhou a "concorrência".

Resultado da fertilização de dois óvulos por dois espermatozóides, os gêmeos fraternos vivem em duas placentas e são totalmente independentes um do outro. A única diferença entre eles e dois irmãos de idades diferentes é que eles foram concebidos ao mesmo tempo.

Não importa: idênticos ou fraternos, a sensação é a mesma. Dois filhos ao mesmo tempo! Acalme-se e curta sua gravidez. Não abra mão do acompanhamento médico, em nenhum momento da gestação. É ele quem lhe dará as instruções necessárias para que tudo corra bem."

- É bem site de mulher grávida mesmo – afirma Pedrinho tirando o *sarro*.

- Pode até ser, mas *prá* mim não precisa mais, entendi tudinho, foi uma verdadeira aula de *Bio*.

- Beleza! Caso resolvido – brinca Pedrinho fechando o livro.

- Será que eles sentem as mesmas coisas, digo se um *tá* triste o outro fica também ou coisa parecida?

- A professora de *Bio* disse que já fizeram muitas experiências com gêmeos por todo o mundo e que não existe nada conclusivo, mas parece que existe algumas coisas estranhas sim.

- Estranhas como?

- Essa coisa de um sentir o que o outro sente, algo como saber o que o outro está pensando...

- Então é de verdade essa tal ligação entre os gêmeos?

- Não se pode provar, pois as pessoas que são muito próximas das outras, em outros experimentos, também apresentaram alguns resultados assim.

- Então...

- Então... Não se pode provar que existe algo especial entre os gêmeos por eles serem gêmeos ou por serem muito próximos, pois em especial, as pessoas muito apaixonadas parecem sentir o que a parceira sente e vice-versa, às vezes elas têm até a impressão de que sabem o que o outro está pensando.

- Eu sei como é. Eu estou apaixonadão pela Ruiva. Aliás antes desta aula de Biologia era o que eu ia te falar...

ATRAVESSANDO A PAREDE

O Professor começa a explicar para os gêmeos como surgiu a história do *"atravessamento de parede"*. Segundo o professor, é assim que surgem os mitos urbanos modernos. Alguém fantasia um pouco em cima de fatos, conta meias verdades e pronto, já tem um professor atravessador de paredes prontinho para virar um mito.

O que aconteceu na verdade é que o Professor estava dando uma aula de filosofia e para estimular e exercitar a capacidade de reflexão de sua turma perguntou:

- Alguém acha que é possível o ser humano atravessar uma parede?

E é lógico que tem sempre um engraçadinho no fundo da sala pronto para responder.

- É claro que sim Professor – diz o Engraçadinho.

- E como você acha que isso é possível?

- Ah! Isso eu não sei não, mas que o cara vai ficar bem raladinho vai.

E como não poderia deixar de ser todo mundo acha a maior graça, afinal de contas é para isso que servem os engraçadinhos das salas de aula.

- Alguém gostaria de falar sério? – Continua secamente o Professor.

- É sério Professor, o cara vai se quebrar inteiro antes de conseguir atravessar a parede – insiste o Engraçadinho.

O Professor achou que o Engraçadinho já estava exagerando e resolveu pregar uma peça nele.

- Pois saiba que é possível atravessar a parede sim, e te digo mais, eu sei como fazê-lo.

- Esta eu pago pra ver - ironicamente diz o Engraçadinho.

Vai pagar mesmo, pensa o Professor, enquanto arregaça as mangas da camisa para ir ao trabalho.

- Pois bem, para que nós possamos entender o que vai acontecer é preciso muita atenção...

E lá vem o Engraçadinho novamente:

- Não precisa explicar não, Professor é só atravessar que já valeu.

Sem perder a paciência o Professor continua a aula, justificando suas falas anteriores.

- Eu sou professor, e não tem a menor coerência fazer qualquer coisa só para fazer, para mim o importante é que todos possam entender o que vai acontecer.

E sem dar espaço para nenhum engraçadinho o professor começa sua explicação.

A coisa ficou tão boa, que mal se podia ouvir a respiração do pessoal. Até o Engraçadinho ficou envolvido com a história.

O Professor começou perguntando do que as coisas são feitas em sua mínima partícula, e mal terminou a pergunta o CDF já havia respondido.

- Átomos!

- Isso mesmo, átomos. E como são os átomos?

Sem dar tempo para ninguém responder, ou como diria um antigo ditado popular, sem molhar o bico, o próprio Professor continuou sua explicação.

- Isso mesmo, como todos sabem o átomo é uma bolinha maior no centro, circundada por outras bolinhas menores, que variam de quantidade de acordo com o tipo de átomo, não é?

O pessoal mal balança a cabeça enquanto o Professor desenha o tradicional modelo de átomo na lousa.

- Pois bem, continua o Professor, a matéria está somente nas bolinhas, o que representamos com estes risquinhos é a órbita dos elétrons ao redor do núcleo. Certo?

O CDF concorda de imediato, enquanto a interrogação estampa-se na face de outros.

- Vamos lá, continua o Professor ignorando as carinhas de interrogação, procurem seguir o raciocínio, se a matéria são as bolinhas e se os risquinhos são apenas representação das órbitas o átomo tem muito mais espaço do que matéria, certo?

Alguns acompanham o pensamento do Professor na íntegra outros nem tanto, mas o Professor empolgado com sua aula continua.

- Então se o átomo que forma todas as coisas é mais espaço que matéria, para que algo ou alguém atravesse outra coisa, no caso uma parede, basta encaixarmos a matéria de um nos espaços do outro, ou seja, basta encaixar as bolinhas de um nos espaços do outro. Certo?

Alguns entendiam, outros nem tanto, mas diante da complexidade toda que se apresentava o Engraçadinho ataca novamente.

- *Tá* bom Professor, nós já entendemos agora dá uma atravessadinha básica *prá* gente ver a filosofia na prática.

O pessoal novamente reage como o esperado, mas o Professor, que já esperava tal comportamento "não deixou a peteca cair" e foi logo solicitando um voluntário para ajudá-lo no experimento e como esperava um dos oferecidos era o Engraçadinho.

O Engraçadinho saiu de seu lugar já ameaçando uma corrida contra a parede, mas foi interrompido pelo Professor.

- Não, não, quem vai atravessar a parede sou eu e não você. Você será meu auxiliar.

Abraçando o aluno e virando-o para a sala o Professor explica o experimento.

- Como todos podem perceber este experimento é muito perigoso e não deve ser repetido em casa, fala o Professor em tom de chacota, piscando para a sala.

O Engraçadinho, fazendo cara de sério concorda com cada palavra do Professor que continua.

- Nós vamos fazer o seguinte: Você vai ficar do lado de fora da sala, bem na direção da lousa e quando ver a pontinha da minha mão puxa, assim eu não corro o risco de ficar preso na parede.

O Engraçadinho quase não podia se conter de tanta vontade de rir, mas segurou firme e seguiu rigorosamente as ordens do Professor indo para o lado de fora da sala e aguardando o prometido atravessamento.

A agitação contida transpirava por todos da sala, que em pleno silêncio aguardavam o *"aprontamento"* do Professor.

SERÁ QUE ELE ATRAVESSOU?

O Professor deu mais uma explicaçãozinha básica, aumentou o clima de suspense e começou a caminhar na direção da parede com o braço esticado na frente do corpo. Quando chegava perto da parede ia encolhendo o braço como se ele estivesse entrando na parede e parava de repente para continuar as explicações.

- Então pessoal a coisa não é tão simples, mas é lógico que é possível.

E um "Ah!" coletivo ouvia-se do pessoal.

- E aí Professor, você vai atravessar ou não vai? Falava um aluno mais impaciente.

E o Professor insistia:

- Calma pessoal, estas coisas não são assim, é necessário toda uma concentração e muita atenção para que todos possam ver.

- Mas vai ser impossível não ver o senhor atravessar a parede se você atravessar mesmo, pontua um incrédulo aluno.

- Claro que sim, mas as vezes, dependendo da quantidade de energia, a gente não consegue atravessar tudo e só uma partezinha, que vai e vem.

Alguns mais espertinhos acreditavam já ter matado a charada.

O Professor ia repetir alguns daqueles movimentos indo ao encontro da parede, e depois ia falar que tinha atravessado alguma coisa, que logicamente o pessoal não pode ver por não ter prestado toda atenção necessária, e o Engraçadinho ficava pagando o mico, sozinho do lado de fora, enquanto ele armava o circo. Bela enrolação!

Dito e feito, ou melhor, achado e acontecido. O Professor fez exatamente o que alguns tinham previsto e o pior de tudo é que outros caíram na palhaçada. Teve aluno que jurava de pé junto ter visto a mão do Professor atravessar a parede, e teria ficado tudo no dito pelo não dito, ou melhor, no feito pelo não feito, não fosse o que ocorreu em seguida.

O Engraçadinho entra na sala meio que se arrastando, totalmente branco e sem fala. O pessoal parou com a chacota sobre os que diziam ter visto e o silêncio pleno reinou por alguns instantes, até que o Engraçadinho o quebrou meio gaguejante.

- *Tá* tudo, tudo bem Professor?
- Claro, disse o Professor com cara de malandro emendando a pergunta, por quê?

- Desculpa, mas foi muito rápido e eu não consegui pegar.

- Pegar o quê? Perguntou com voz sóbria o CDF.

- A mão dele. - Respondeu o Engraçadinho em tom sério, ainda meio gaguejante.

PAIXÃO

- Não sei nem explicar o que eu sinto, sei é que um monte de gente sabe o que é amor ou se preferir paixão - Fala o Magrela com ar de professor.

- Como é que você sabe?

- Sei porque agora quando eu assisto aqueles filmes que falam de amor eu consigo entender exatamente o que eles estão dizendo. Consigo entender porque se morre de amor, como Romeu e Julieta...

- Ah! Isso eu também entendo, o Romeu era apaixonadão pela Julieta aí...

- Não, não é isso que estou falando, mas deixa *prá* lá.

- Como não? Você não estava falando de "Romeu e Julieta" de Shakespeare?

- Sei lá se era de Shakespeare, eu só tava dando exemplo de filmes que falam de amor.

- "Romeu e Julieta" é uma peça e foi escrita na Inglaterra por um escritor chamado Willian Shakespeare.

- Pedrinho, não começa. Agora você vai querer dar aula de Literatura, eu estou afim de falar do meu amor...

- Amor ou paixão?

- Amor, paixão sei lá eu estou amarradão naquela ruivinha linda e você não me deixa te contar.

- Fala Magrela, fala. Prometo que não te interrompo mais.

- Aquele dia que fui na casa dela pela primeira vez, logo que eu *vi ela* fiquei caidinho...

- Viela é uma ruazinha pequenininha, a vi.

- Assim não dá, fui! - levanta o Magrela muito irritado e vai atravessando a sala.

- Não Magrela não vai, prometo que não interrompo mais, pode até vir um *"nóis foi"* ou um *"a gente vamos"* que eu não abro mais a boca, juro. Eu juro – fala seriamente Pedrinho ajoelhando-se para o amigo.

- Aí ela entrou numa de intelectual – continua o *brother* como se nada tivesse acontecido, enquanto voltava para o seu lugar - e eu fiquei meio perdidão sem saber direito o que fazer, mas quando ela me olhava com aqueles olhinhos azuis e falava com aquela voz macia eu me derretia todo.

- E então rolou alguma coisa?

- O pior é que rolou.

Pedrinho deu um verdadeiro salto no sofá e logo quis saber de todos os detalhes. A esta altura o Magrela que estava se sentindo meio sei lá o que, passou a sentir-se o Super-Magrela, importantíssimo e com toda a atenção de seu amigo, que já não se continha de tanta curiosidade.

- Diz aí Magrela, o que foi que aconteceu? Você a beijou?

- Pedrinho, se eu te contar você tem que prometer que não vai contar nada para ninguém, se o irmão dela fica sabendo ele me mata e ela também e eu não estou a fins de morrer duas vezes.

Pedrinho dá pulinhos no sofá de tanta ansiedade e com os dedos cruzados na boca, dá um beijinho e diz:

- Juro, juro, lógico que juro. Agora conta.

Magrela começa a contar que jamais havia sentido algo igual, foi uma coisa fulminante. Ele sentiu um frio na barriga e sentiu como se a conhecesse sempre, até mesmo antes da sua própria existência.

Após a primeira impressão, a de maravilha física, ele ficou meio assustado com a intelectualidade dela, mas logo que eles entraram na casa ela roçou na mão dele meio que sem querer, ou não, e um arrepio subiu pela coluna e um frio imenso se instalou na boca do estômago e ele tinha certeza, estava amando, e mais, sabia que ela também o amava.

Eles não trocaram uma única palavra e no primeiro momento que ficaram a sós beijaram-se loucamente, freneticamente, como se fosse a coisa mais comum da vida deles e ao mesmo tempo com a emoção do primeiro beijo para ambos.

Era tudo sublime, maravilhoso. O mundo passou a ser um lugar mais belo e mais feliz.

Ele não conseguia ficar um só segundo sem pensar nela e pelo que ela dizia conseguia ficar menos tempo ainda sem pensar nele.

Ele dormia e acordava pensando nela e ela sonhava acordada com ele.

Eles tinham certeza. Tinham sido abençoados com a coisa mais importante, mais bela e mais deliciosa do mundo. O AMOR.

Pedrinho sem saber o que falar só conseguiu dizer um "Que legal".

E o Magrela continuou como que em transe e com uma capacidade de verbalização que nem ele mesmo conseguia entender de onde vinha.

Pedrinho até queria saber de detalhes mais picantes, mas diante de tanto deslumbre do amigo sentiu-se até culpado e pequeno pelos seus pensamentos.

Na escola não se falava em outra coisa, era Loira para todo o lado. Já tinha até virado gozação. Todo mundo que ia ao banheiro voltava contando uma da tal Loira que parecia ter virado amiga da galera, mas de vez em quando a coisa ficava preta e toma correria e copo de água com açúcar.

Apesar da brincadeira da turma toda, e do pessoal não admitir, todos acreditavam na história da tal Loira e pior ainda, tinham medo.

Ninguém sabia direito quem era a tal Loira, de onde ela tinha vindo, ou o que havia acontecido com ela. A central de fofocas, as fofoqueiras e fofoqueiros de plantão arrumavam uma nova versão de quem ela era de onde tinha vindo e o que havia acontecido com ela a cada dia que passava.

O que começou a preocupar os adultos, em geral, foi o fato de que a Loira parece ter gostado das aparições *"banheiriferas escolares"*, pois ela começou a aparecer em tudo que era banheiro de escola, de tudo quanto é tipo de escola, para tudo quanto é tipo de gente, e o que era pior, sempre da mesma maneira. O que dava um grau maior ainda de fidedignidade.

"Se a Loira não era de verdade como é que ela podia aparecer em diferentes banheiros, de diferentes escolas e para diferentes tipos de pessoas?"

O primo de um menino do primeiro ano, que era caminhoneiro, contou a ele que a tal Loira não era privilégio de escolas não. Ele disse que "Loira Fantasma" na estrada é a coisa mais comum que têm e contou algumas histórias para ele que eram de arrepiar.

Segundo o primo, a Loira aparece em vários lugares e não só nas escolas, aliás, na escola era novidade para ele.

O primo contou a história de uma viagem que havia feito onde lá pela meia noite, como não podia deixar de ser, em uma estrada solitária no meio do nada, uma mulher loira muito linda fazia sinal para ele parar.

Ela parecia ter sofrido um acidente. Estava toda desarrumada, com um vestido branco, meio ensanguentado e os cabelos desgrenhados.

O primo não teve dúvida, meteu o pé no freio e foi ao socorro da moça acidentada. A moça quando viu o caminhoneiro indo na sua direção, apontou para dentro do mato e saiu, desesperadamente, em disparada.

O caminhoneiro foi se embrenhando na mata, que ficava cada vez mais fechada e quando achava que tinha se perdido logo via a moça correndo e apontando para uma direção.

Foi assim por alguns intermináveis minutos mata adentro até que ele saiu em uma estrada paralela a que ele estava e só então pode entender tudo.

Lá estava, um carro do outro lado da pista, cravado em uma firme árvore, totalmente destruído no lado do passageiro.

O caminhoneiro olhou ao redor a procura da moça, mas nada viu, então correu em direção do carro e viu que o motorista estava se mexendo.

Abriu a porta como pode e procurou tranquilizar o motorista enquanto sacava o celular e ligava para o resgate, como era motorista experiente sabia que não devia tirar os feridos do lugar, pois poderia piorar a situação caso movimentasse os feridos.

Quando acabou de falar com o resgate dando sua posição para o socorro, pode perceber que havia outra pessoa no banco do passageiro.

Deu a volta no carro na esperança de encontrar o passageiro vivo, mas o estrago daquele lado havia sido muito maior. Pegou no pulso da mulher e pode perceber que aquele corpo, totalmente preso nas ferragens jazia.

A vida já o havia largado, mas apesar dela estar fria e sem pulsação o caminhoneiro puxou sua cabeça para trás na tentativa de sentir sua pulsação no pescoço. Quando sua cabeça caiu para trás, na forte luz da lua cheia, seu corpo sentiu um calafrio e suas pernas fraquejaram, ele não podia crer no que via e tão pouco podia ou queria entender, mas lá estava, com o mesmo vestido branco meio ensanguentado e com os mesmos cabelos desgrenhados. A linda moça que pouco tempo antes tinha parado seu caminhão com o pedido de ajuda...

A cada nova história que surgia maior era a agitação e o medo do pessoal e quanto maior era o medo mais e mais histórias da Loira surgiam.

ANIVERSÁRIO DO PEDRINHO

Foi um custo, mas finalmente os pais de Pedrinho concordaram em fazer o seu aniversário na praia.

Para seus pais tudo parecia ser um empecilho, ora era o transporte da turma, ora era a concordância dos pais, ora era a responsabilidade que aquilo representava, ora era a acomodação de todos. Até a cachorrinha que a Garota da sala dele fazia questão de levar era problema, mas acabou tudo dado certo e finalmente chegou o grande dia.

O pessoal ia sair da capital na sexta-feira logo após as aulas e a festinha ia ser no sábado, bem no dia do aniversário.

Pedrinho quase morria de ansiedade e na noite anterior mal pôde encostar a cabeça no travesseiro, virou para lá para cá e nada de conseguir dormir direito. Ele estava muito estimulado com a idéia da turma poder ficar acordada até tarde, sem praticamente nenhum adulto por perto, pois na casa da praia havia uma casinha completa no fundo do terreno e ele tinha convencido os pais a deixá-los ficar por lá a noite toda.

Nem precisa dizer que a mãe do Pedrinho arrumou dois quartos, um para os meninos e outro para as meninas, além é claro do tradicional sermão que todo pai e toda mãe fazem numa situação como esta. O qual é claro não vamos repetir aqui, pois acreditamos que todo mundo já o conhece de cór e salteado.

Fim de tarde, quartos arrumados, passeio na praia para ver o pôr do sol, mesmo número de meninos e meninas. Quem disse que o mundo não pode ser perfeito.

Quando o pessoal voltava do passeio da praia, após o pôr do sol, que diga-se de passagem, foi maravilhoso, naquela penumbrinha... aquele ventinho frio... o fator numérico favorável... não deu outra voltou todo mundo abraçadinho, até os mais tímidos deram um jeitinho de dar um *chega pra cá.*

Quando o pessoal chegou na casa a mãe do Pedrinho já havia preparado uma deliciosa caneca de chocolate quente, fumegante, pois apesar de ser praia, a estação do ano já não ajudava muito. Para falar a verdade só faltava a lareira porque até pipoquinha tinha.

A turma ficou na casinha do fundo, como havia sido programado, e só rolava pipoca, chocolate quente, muito papo e de vez em quando algum beijinho meio que roubado.

VERDADE OU DESAFIO?

A Ruiva, que não tirava a boca da boca do Magrela, não sei como conseguiu falar, mas acho que era o Magrela que não tirava a boca da dela, porque assim que ela conseguiu logo sugeriu uma brincadeira. A famigerada, insubstituível e infalível, para quem quer buscar um clima de maior aproximação entre todos, "Verdade ou Desafio?".

E como sempre alguém não sabe como é e pergunta: "Como se brinca disso?"

E a Ruiva aproveitando a alforria de sua boquinha desandou a contar como funcionava a brincadeira.

- É fácil, a gente gira uma garrafa. Quando ela parar, para quem estiver apontando o gargalo é a pessoa que ficou na berlinda, e que tem de responder uma pergunta de quem estiver com o fundo da garrafa na sua direção...

- Se não quiser responder a pergunta tem que cumprir um desafio, também conhecido como castigo, completou o Magrela esfregando as mãos e com a voz marota.

A turma logo se animou e a Menina, meio tímida resolveu perguntar:

- Mas a gente tem que responder tudo que perguntarem?

- Tem e não pode mentir, é regra do jogo. Afirma animado o Ruivo que estava ficando com a Menina e certamente queria saber alguns segredinhos.

- Então *tá*. Afirma a Menina meio sem jeito.

- A regra geral é a seguinte, diz Pedrinho com voz formal, se falou que é "verdade" tem que responder a pergunta que for.

- E se a pergunta for muito ruim e quiser mudar? Pergunta a preocupada Menina.

- Uma vez aceita a "verdade" tem que responder e se não responder ou alguém conseguir perceber que não é verdade, aí o castigo é dobrado, certo?

Todos concordam, alguns meio apreensivos, mas concordam.

Pedrinho gira a garrafa no centro da roda.

A garrafa vai parando devagarzinho e, como não poderia deixar de ser, aponta para a mais preocupada.

O gargalo aponta para a Menina e o fundo para a *"ficante"* do Gordo, que era uma menininha muito bonitinha, mas segundo as más línguas se engordasse mais uma grama passaria a ser conhecida como Gordinha.

O pessoal, que não perdoava nada, chamava a "ficante" de *Atoladinha*, "mais uma grama e fica gordinha", era a maldosa rima que o pessoal fazia, escondido dela, é claro.

A *Atoladinha* deu até pulinho quando viu a garrafa parando com o fundo virado para ela e sem tomar fôlego foi logo perguntando.

- Verdade ou desafio?

A Menina que já estava meio apreensiva resolveu não arriscar e foi logo pedindo desafio, para desapontamento da turma que em coro soltou um automático "ah!", o que fez a Menina ter certeza de que havia feito a escolha certa.

A *Atoladinha*, que não era nem um pouco criativa, pediu que a Menina pegasse um copo de água para ela, sobre protesto de pessoal.

- Estou com sede, justificou a *Atoladinha*.

Em poucos segundos retornava da cozinha a Menina, com um belo sorriso na face, sorriso de vitoriosa, o que certamente acabou por ser.

Gira-se a garrafa novamente, lentamente ela vai parando e seu gargalo aponta para a Ruiva que olha para frente e se depara com um grande sorriso de seu Argos, Pedrinho.

Pedrinho esfrega as mãos e antes de falar qualquer coisa a Ruiva diz:

- "Desafio"!

- Assim não vale, protesta Pedrinho com o apoio da turma, eu nem perguntei e você já fugiu da "verdade".

- E daí a regra do jogo é essa. Eu posso escolher entre "verdade" ou "desafio", não é?

- É *tá* certo, vou arrumar um castigo, que você iria preferir contar todos os seus segredos.

- Que segredos? Pergunta o Magrela meio distraído e recebendo uma cotovelada da Ruiva.

- É pessoal, parece que o jogo não está dando certo, pondera Pedrinho.
- Não mesmo ninguém quer dizer a verdade, diz o Ruivo meio desapontado.

- Vocês falam assim porque não foram os primeiros a ter que responder as perguntas, desculpa a Menina.

- Acho que a gente vai ter que mudar de brincadeira, sugere o Gordo.

- É, parece, mas que brincadeira? Pergunta o Magrela.

TENTANDO FALAR SOBRE SEXO

A famigerada, insubstituível e infalível, para quem quer buscar um clima de maior aproximação entre todos, "Verdade ou Desafio?", parece ter falhado e famigeradamente deve ser substituída.

Alguém sugere aqueles joguinhos de tabuleiro e tem a ideia bem recebida por todos, que de imediato olham para Pedrinho, que dá um sorrisinho sem graça e diz:

- Xi! Esqueci!

O protesto foi geral. Como é que se dá uma festa de pijama, que era como eles chamavam as festas onde se dormia no lugar, mesmo que não se usasse pijama e nem dormisse, sem ter alguns joguinhos para brincar?

Pedrinho, que era muito rápido de pensamento, tratou logo de arranjar algo para fazer.

- Tive uma ideia! A gente pode escolher um tema e conversar sobre ele.

Vendo a desanimação estampada na cara do povo diante da ideia Pedrinho tratou de dar mais ênfase na narrativa e continuou:

- Vai funcionar como o "Verdade ou Desafio?", mas sem sorteio.

- Como assim? Perguntou o Ruivo meio desanimado.

- A gente escolhe um tema, por exemplo: sexo...

- *Tô* começando a gostar da história, fala o Magrela levantando se do tapete que forra toda a sala.

- Então, Continua Pedrinho, aí a gente começa a falar o que sabe sobre o tema, as experiências que vivenciamos e por aí vai. Todo mundo acaba falando um pouco e sem se sentir pressionado.

- *Tá* Pedrinho, vamos dizer que o assunto escolhido é sexo, certo?

- Certo, concordou Pedrinho meio ressabiado.

- Então conte-nos suas experiências sobre o assunto, formalmente continuou o Representante, segurando firme a mão de sua namorada, que deu um rápido sorrisinho de canto de boca.

- Certo, disse Pedrinho não se intimidando com a história, eu sei como se faz sexo, sei que é muito legal e que deve-se ter muito cuidado ao fazer, mas ainda não fiz, acho que não encontrei a pessoa certa. E vocês? Triunfante devolve a pergunta ao casalzinho de namorados.

A Namorada do Representante ruborizou de imediato, parecia um pimentão de tão vermelhinha. O Representante, com todo aquele jeitinho formal não sabia onde se enfiar, parecia desenho animado quando um dos personagens encolhe até sumir.

A Turma ficou toda olhando para os dois e esperando a resposta. A Namorada do Representante que não havia aberto a boca desde que chegara, certamente não o faria agora.

- Eu acho que isso é uma coisa muito pessoal para ser colocada assim numa brincadeira, mas acredito que existem coisas muito importantes que podemos conversar.

- Por exemplo? Perguntou o Magrela.

- Por exemplo a utilização da camisinha, responde o Representante visivelmente aliviado por ter conseguido sair da saia justa.

- Ah! Todo mundo sabe que tem que usar a camisinha para fazer sexo.

- Todo mundo sabe, mas muitos não usam, responde o Representante para o Ruivo.

- Isso é verdade, concorda Pedrinho. O pessoal acha que não vai acontecer com ele, é sempre assim, todo mundo sabe que a única proteção contra a Aids é a camisinha, mas acaba que muitos não usam...

- Não usa e morre. É uma verdadeira Roleta Russa, você nunca sabe onde vai estar o bichinho. Ele não escolhe se é bonita ou feia, rica ou pobre, ele pode estar em quem menos se espera.

- Turma, esse papo *tá* ficando muito *"down"*, afirma a Ruiva querendo fugir do papo.

- *Tá* mesmo, concordou a Menina.

Neste meio tempo a Garota havia ido para a cozinha a já retornava toda animadinha, com um copo e um caderno na mão.

A HORA DOS ESPÍRITOS

"Tive uma ideia legal" afirmava a animada Garota.

Toda a turma voltou-se para ela, que animadamente começou a contar uma noite em que passou na casa de uma prima, e a montagem de uma "Mesa Witch", ou algo parecido. O tema interessou de imediato.

- Como é uma "Mesa Witch"? Perguntou a Ruiva.

- Não tenho certeza de que o nome correto é "Mesa Witch", mas é aquela tábua cheia de letras que a gente vê nos filmes americanos, onde as pessoas colocam a mão sobre um ponteiro e fazem perguntas aos espíritos.

- Credo! Eu não gosto dessas coisas. Manifesta o Magrela.

- Não têm nada a ver, é só uma brincadeira, animadamente afirma Pedrinho.

Nesta hora entram na casinha, o pai e a mãe de Pedrinho, para a alegria do Gordo, com um monte de comida, sucos e refrigerantes. A pausa foi imediata, todo mundo largou o que estava fazendo e foi para a mesa saborear as guloseimas da Mãe do Pedrinho.

Acabado o *big* lanche a Garota retoma a história da "Mesa Witch". O Magrela insiste em não achar boa ideia, principalmente com a tal Loira aparecendo por aí. "Vai que ela resolve dar uma passadinha por aqui"

O pessoal deu risada e sobre a orientação da Garota iniciaram a limpeza da mesa para a montagem da outra.

Um bom tempo depois na mesa formava-se um círculo com todas as letras do alfabeto, os números de 0 a 10 e as palavras "sim" e "não", o que segundo a Garota facilitaria a comunicação com os espíritos, que nestes casos não precisariam escrever estas.

Mesa pronta, luzes apagadas, velas acesas, copo virado de boca para baixo no centro do círculo e todos de mãos dadas e cabeças baixas.

A Garota, que já havia orientado o pessoal sobre o que fazer, começa uma prece.

- Estamos aqui reunidos para fazer contato com o mundo dos mortos...

Alguém da roda desanda a rir e é de imediato advertido pela Garota, que repete com voz grave as orientações iniciais.

- Como eu já disse, isso é coisa séria, nós temos que tratar os espíritos com respeito. Não podemos ficar rindo e *"tirando"* eles. A corrente não pode ser quebrada e quando soltarmos as mãos, devemos colocar a mão direita sobre o copo. A mão só poderá sair de lá quando encerrarmos a sessão. Está claro para todos?

- Sim, respondem todos em uníssono.

- Bom, então vamos reiniciar a cessão.

- E se alguém não quiser participar? Pergunta o Magrela que de imediato leva outra cotovelada da Ruiva.

O pessoal percebe a "brincadeira" da coisa e a sessão continua.

PARECE QUE A COISA FUNCIONOU

A cessão continua e a voz da Garota fica cada vez mais séria e grave.

As mãos ficam suadas e apertadas. A Garota recomeça:

- Estamos aqui reunidos para fazer contato com o mundo dos mortos e para isso evocamos a presença de espíritos do bem para que possamos nos comunicar.
Espíritos do bem venham até nós, evocava a Garota com voz alta e grave.

Pausa e silêncio absoluto, parecia até que o vento tinha parado de ventar, nada se ouvia.

- Espíritos do bem venham até nós e respondam nossas perguntas. Usem-nos como instrumentos de vossa manifestação!

Silêncio absoluto.

- Agora soltemos as mãos e coloquemos sobre o copo, ordenou a Garota.

Dedos espremidos e mãos suadas acomodavam-se umas sobre as outras em cima do copo e uma nova ordem emanou da séria e compenetrada Garota:

- Não pessoal, a mão toda não, somente o dedo indicador da mão direita de cada um.

- Ih! Tem que dar as ordens direito, *rabugentou* o Gordo, que agora era o dono da cotovelada da Ruiva.

- Vamos lá pessoal, continuou a Garota tentando trazer a turma de volta para a brincadeira.

- Se tiver algum espírito presente que se manifeste.

E nada de manifestação e nada de nada. De repente... o copo deu uma leve movimentada. Gritinhos meio contidos foram ouvidos e o copo movimentou-se mais ainda.

- Não soltem o copo, advertiu rispidamente a Garota, coisas terríveis podem acontecer.

Se a Garota tinha a intenção de assustar o pessoal já podia parar, porque depois desta até quem estava levando a coisa na chacota começou a ficar apreensivo. Que papo era este de "coisas terríveis"?
O copo quase varou a mesa tamanho foi o medo de alguém, sem querer soltar o dedo do copo.

A sessão continuou, algum tempo passou e nada de copo andar. Dedos doendo, vontade de ir ao banheiro, medo e nada.

- Será que a gente não tem que perguntar alguma coisa? Questionou Pedrinho.

- É pode perguntar, confirmou a Garota meio sem graça.

- Quem quer fazer uma pergunta? Continuou Pedrinho.

E o silêncio permaneceu, aquela altura do campeonato, com "coisas terríveis" podendo acontecer a qualquer momento, quem ia se atrever a perguntar?

- Existe algum espírito presente? Perguntou a Garota mantendo o tom sério.

Silêncio.

- Se existe algum espírito presente, que se manifeste.

TOC, TOC, TOC.

Ouviu-se um som abafado como se o espírito batesse em algo sólido.

Um friozinho subiu pela coluna do pessoal e foi parar no arrepio da nuca, acompanhado por alguns murmúrios ininteligíveis dos participantes.

Ninguém sabia direito o que fazer, nem a Garota, que a esta altura já estava arrependida da brincadeira.

As esquerdas tentavam segurar as outras por de baixo da mesa e o surdo barulho assustava ainda mais os já assustados. As mãos se encontravam e se assustavam com o pretendido encontro.

A Garota percebeu que não havia outro jeito. Ela tinha que continuar.

- Existe alguém presente? Se existe que se manifeste.

TOC,TOC, TOC,TOC,TOC...

"TOC-TOC" que não parava mais e gente gritando e correndo para tudo quanto é lado, uns tropeçando nos outros, caindo, derrubando vela e saindo *desembestadamente* porta a fora, o que parecia ser a única salvação.

CHEGOU A CAVALARIA

Com a barulheira os pais do Pedrinho vieram ao socorro, mas ninguém conseguia contar o que havia acontecido só apontavam para a casinha e punham a mão no peito.

O Pai de Pedrinho começou a tentar adivinhar e a perguntar o que imaginava que podia ter acontecido e tentou de barata a jacaré, passando por ladrão e mais um monte de bichos, mas nem chegou perto, então Pedrinho toma fôlego e diz meio ofegante: "Alma penada"

Os pais de Pedrinho se entreolharam e não sabiam o que fazer. De repente...

TOC,TOC,TOC

O barulho surge novamente.

Pedrinho e a Menina automaticamente apontam para a casinha. O Pai de Pedrinho olha para eles olha para a casinha e vai em direção da porta e entra.

TOC,TOC,TOC

Mais uma vez o barulho é ouvido, a tensão e a expectativa são grandes, mas nada do Pai do Pedrinho voltar, até que ele surge porta a fora com algo no colo.

- Era ela, diz o herói fazendo carinho na cadelinha da Garota, acho que ela ficou presa no banheiro e quando ouvia a voz de vocês batia na porta para tentar sair.

- Esta história de fantasma já está indo longe demais, quando voltarmos eu vou a escola de vocês conversar com a Diretora para dar um fim nisto.

- Que fim mãe? Ninguém inventou nada, fui eu quem viu a Loira.

A mãe, sem saber o que responder pediu para o marido levar a turma para dentro da casinha enquanto ela ia preparar outro lanchinho.

Passado alguns minutos retorna a mãe de Pedrinho com muitos salgadinhos e com uma enorme jarra de água com açúcar.

NA MADRUGADA

Na madrugada daquele dia após o susto tomado, enquanto o Gordo babava abraçado a uma almofada, os gêmeos contavam para a turma o contato que haviam tido com o Professor.

- Eu acho que não tem nada a ver a gente ficar vigiando o Professor – manifesta o Ruivo.

- Não mesmo, concorda a Ruiva, o cara é muito legal e teve a maior paciência com a gente.

- Mas que ele é estranho é – insiste Pedrinho.

- Ah! Mas que professor nós temos, que não é meio esquisitão, meio *matusquela*? – fala o Magrela defendendo o ponto de vista da amada.

- É pensando bem... reconsidera Pedrinho.

- Então, o cara foi super legal e disse até que consegue entender a nossa preocupação. Ele propôs ajudar a gente com esta história da Loira, mas disse que isso não passa de mito.

- Mito, que papo é este de mito? – questionou a Garota.

- Mito urbano moderno, o Ruivo repetiu as palavras que havia ouvido e já emenda a história do atravessamento de parede para a turma.

Após a conclusão da história, Pedrinho sugere que eles aceitem a ajuda do Professor no caso. Quem sabe se com a ajuda eles conseguem provar a existência da Loira.

- Pelo que ele disse é mais fácil provar que ela não existe - A Ruiva intervém chamando Pedrinho para o óbvio.

- É verdade. – concorda Pedrinho meio desanimado.

- *Hei cara*! Não fica assim não, deve ter uma explicação lógica para isso, não é? – Fala o Magrela, buscando a ajuda da Ruiva.

- Claro que sim Pedrinho, a gente acredita que você viu a tal da Loira, mas pode existir uma explicação *"desfantasmada"* para isso. – brinca a Ruiva com a palavra.

- Então vamos fazer o seguinte, diz Pedrinho com convicção. Quando voltarmos a gente marca uma reunião com o Professor, conta tudo que sabe para ele e vê o que ele pode fazer para ajudar.

- Legal, concorda a Garota, dando um beijinho em Pedrinho.

- Legal o quê? Pergunta o Gordo meio assonado limpando a baba do canto da boca.

- Dormiu dançou - falou o Ruivo tirando o *sarro* do Gordo.

- Por falar em dormiu dançou, cadê as nossas *minas*?

Só aí o Ruivo percebeu que a *Atoladinha* e a menina que estava ficando com ele haviam sumido.

- Sei lá, respondeu o Ruivo fingindo não estar preocupado, eu sei o seguinte, já é tarde para dançar e eu vou dormir, certo?

Mas antes de ir para o quarto dos meninos deu uma olhadinha pela porta entreaberta do quarto das meninas para certificar-se de que a *"ficante"* não havia sido abduzida por nenhum disco voador.

DESFEITO O MISTÉRIO

Na segunda após as aulas o Professor reúne-se com a turma em sua misteriosa casa, que aquela altura já parecia até uma casa normal, e após ouvir atentamente todas as histórias da turma sobre o caso, explica a sua teoria para o caso da Loira do Banheiro.

- Então pessoal acho que chegou a hora de acabarmos com a boataria e essa confusão toda, mas para isso preciso contar com vocês para passar as explicações aos demais alunos da escola.

- Pode contar com a gente – diz o Representante de Sala com sobriedade.

- E vou contar mesmo. Nós precisamos acabar com isso antes que algo de pior aconteça. A gente acha que não, mas sabe lá o que pode acontecer com esses sustos todos que o pessoal anda tomando. Se alguém tem problema do coração pode até acabar acontecendo algo mais sério.

- É verdade verbaliza o Gordo, com o apoio silencioso do resto do grupo.

E o Professor começou a explicar sua tese.

- O mais coerente para isso tudo é que o Pedrinho, impressionado com alguma história ou algum filme, que tenha ouvido ou assistido ficou com aquilo no seu inconsciente e acabou exteriorizando em forma de uma espécie de alucinação.

- E como é que se explica o fato da Menina, da Servente e de todo o resto do pessoal ter tido a mesma alucinação?

- A ciência pode dar várias explicações para isso, desde a Teoria Junguiana que fala de inconsciente coletivo e que com um pouco de boa vontade podemos utilizá-la para esta explicação, até algo mais concreto como a transmissão de pensamentos e emoções através de impulsos elétricos.

- Haja eletricidade Professor - fala o incrédulo Representante de Sala.

- Existem inúmeras explicações possíveis para este fenômeno, continua o Professor ignorando a ironia do Representante, e a mais plausível para este caso é a forte manifestação do inconsciente diante de um caso de stress emocional, misturando a impressão negativa de uma determinada situação com um estado de stress provocado por fatores externos. A partir daí o resto passa de brincadeiras de mau gosto a mentiras e necessidade de chamar a atenção.

- Sabe Professor, toma a palavra Pedrinho, eu estava pensando no que o senhor estava dizendo e acho que tem a ver.

- Tem mesmo? , interrompe o Magrela, eu não entendi uma palavra do que ele disse.

A Ruiva aperta sua mão como quem chama a atenção e ele dá um sorrisinho sem graça para ela. Pedrinho olha para o Magrela e continua.

- Naquele período nós estávamos no meio de uma semana de provas, estava todo mundo *stressadão*...

- Mas não estava todo mundo vendo defunta no banheiro – comenta a Garota.

- Claro que não, algumas pessoas são mais sensíveis que as outras além do que cada pessoa comporta-se diferente diante de uma situação de stress.

- Garotão sensível – fala o Gordo desgrenhando os cabelos de Pedrinho que de imediato dá um tapa na mão dele.

- Para com isso Gordo. É verdade naquela época eu estava muito preocupado e muito cansado, pois estava estudando até tarde e depois não conseguia dormir, aí ficava assistindo alguns filmes até quando "os braços de Morfeu" vinham me pegar.

- Morfeu! Exclama o Magrela.

- Sim, existe uma expressão muito usada que significa "adormecer" "Cair nos braços de Morfeu" e na verdade ela nasceu de um pequeno equívoco mitológico: Morfeu era o deus dos sonhos em que apareciam as formas humanas; o deus do sono era seu pai, Hypnos, que dormia eternamente no fundo de uma caverna silenciosa, cercado de canteiros de papoula, a flor de onde se extrai o ópio. A confusão, contudo, ficou consagrada há muitos séculos. Quando o farmacêutico alemão F.W.Setürmer isolou, em 1803, o alcalóide ativo do ópio, chamou-o morphium, numa alusão a Morfeu. Este nome foi em seguida mudado para morfina, recebendo a terminação padrão de outros alcalóides, como a estricnina, a cafeína, a atropina ...

- Professor! O Senhor se empolgou, interrompe Pedrinho.

- Desculpe pessoal eu realmente me empolguei, o que eu ia falar é que parece que as coisas estão se encaixando, agora só falta você dizer que ficava assistindo filmes de terror.

Pedrinho coça a cabeça meio sem jeito e confirma meio encabulado.

- Então era só isso? Um garoto meio estressado com a semana de provas, que assiste filmes de terror até tarde e depois, meio assonado no banheiro da escola, acaba por ter uma espécie de alucinação por estar impressionado com o filme...

- Basicamente parece que é isso, o Professor completa o pensamento do Representante.

- Nossa! E disso virou isso tudo?

- Pois é, a maioria dos mitos urbanos nascem assim. Uma história mal explicada que sai do nada e acaba tomando proporções muitas vezes universais.

- Quer dizer que a história do Pedrinho pode se transformar em uma lenda urbana universal? Questiona o mano Ruivo visivelmente impressionado com a possibilidade.

- Quem sabe? O importante neste momento é a gente tentar fazer esta história morrer, pois ela já se espalhou para outras escolas e está gerando um monte de problemas para muita gente e como já disse, estes problemas podem ter sérias consequências.

- É verdade, concorda a Garota, mas o que é que a gente pode fazer para amenizar esta situação?

ACABANDO COM O MITO

A turma, com a ajuda do Professor, começa a traçar planos para acabar com a lenda da Loira do Banheiro.

As mais loucas e engraçadas ideias surgiram, desde fantasiar alguém de Loira para desmentir publicamente a própria existência, idéia imediatamente rejeitada, por motivos óbvios. Até reunir todos que viram a Loira e convencê-los, cientificamente, de que não viram nada e pedir que eles desmentissem a história.

Esta última ideia parecia ser a que mais agradava a todos, enquanto o pessoal ia desmentindo a história ela também ia saindo de moda, pois todos sabem que tudo tem um pouco de moda, além, é claro, da necessidade de aparecer de alguns engraçadinhos.

Se o pessoal da turma tinha ficado convencido, tendo um dos membros como o protagonista principal, certamente o resto do pessoal entenderia a lógica da história, mesmo porque se pensarmos friamente a história é muito boba, o que uma loira morta ia fazer no banheiro de uma escola?

Argumentações contra e a favor e finalmente decidiu-se um processo gradativo.

Primeiro, o pessoal da própria turma iria desmentir a história dando uma explicação mais lógica para o fato, pois assim não se daria uma supervalorização do mesmo, fazendo uma reunião para desmentir a história, o que poderia gerar efeito contrário.

Segundo, e o que exigiria mais coragem do pessoal era a cada aparição da Loira, alguém iria ao banheiro e desbancava a tal história, indo ver e falando a todos que não tinha nada lá.

Esta exigia mais coragem por dois motivos, primeiro que se corria o risco de realmente encontrar a tal Loira lá, se bem que estavam todos convencidos da não existência dela, mas nunca se sabe. E segundo porque dependendo de quem ia se desmentir corria-se o risco de perder um amigo ou até mesmo de apanhar.

Mas os riscos valiam a pena, pelo menos se acabaria com a história antes de consequências mais sérias.

Tudo parecia estar acertado e com boas chances de sucesso. A medida que a história fosse sendo desmentida certamente o pessoal iria parando com a brincadeira, mesmo porque os desmentidos iriam fazer papel de bobo.

E conforme a avaliação do Professor isso rapidamente iria se espalhar para as outras escolas e acabar com o mito, mesmo antes dele virar um.

Como o Professor disse "História acontecida em escola corre mais que rastilho de pólvora".

Parecia estar tudo resolvido, o pessoal da turma ia ficar de plantão e em qualquer ameaço de "Loira" eles estariam lá.

Os mais medrosos que apesar de acreditarem nas explicações do Professor ainda tinham um pouco de medo, começaram a formar pares para o momento de ação, o que fortaleceu a todos porque na realidade todos tinham um pouco de insegurança, para não falar que era verdadeiro pavor. "Vai que o Professor está errado".

ATÉ QUE ENFIM UM FIM

O pessoal sai da casa do Professor convencido de que o plano vai dar certo e a Ruiva convida o Magrela para ir até a casa dela. O Mano com um fiozinho de ciúmes resolve logo convidar a todos para tomarem um suco. O que foi o mesmo que oferecer esmola para mendigo, todo mundo aceitou de imediato.

O pessoal subiu e foi se acomodar no sótão, um dos lugares mais legais da casa dos gêmeos. A ruiva e o Magrela, que não se desgrudavam mais, foram pegar o suco na cozinha enquanto o pessoal se acomodava nas poltronas e em almofadas que recheavam o belo sótão.

O suco demorou, a sede aumentou, almofada voou e nada de suco chegar.

O Ruivo já estava ficando incomodado com as piadinhas do pessoal.

- Será que é suco de fruta natural? – perguntou Pedrinho

- Por quê? disse o Representante com cara de malandro.

- Porque se for natural precisa ver se o Magrela não se enganou e está apertando outra coisa.

E todos riam, e o Ruivo ria sem graça fazendo cara de quem não está gostando nada da brincadeira e tentando mudar de assunto perguntava se todos acreditavam realmente que o plano ia dar certo.

O Representante respondeu meio *"en passant"*, como diriam os franceses para expressar *de passagem, meio sem dar importância* ou algo assim, e foi logo emendando outra brincadeira e assim ia a coisa, até que entra no sótão a Ruiva segurando uma bandeja cheia de copos com uma gigantesca jarra de suco e o Magrela segura a Ruiva pela cintura todo feliz da vida.

Quando a Ruiva chega no meio da sala, solta um grunhido meio mudo e larga a bandeja, dando o maior banho e o maior susto em todo mundo.

Ela ficou no meio da sala como uma estátua parada e com os braços soltos ao lado do corpo olhando pela janela.

Todos ficaram sem reação olhando para a estátua branca que balbuciava alguma coisa ininteligível.

O Magrela ficou sem reação.

O mano pegou a Ruiva pelos braços, o pessoal rodeou a mana e o Ruivo sacudindo a Ruiva perguntava se ela estava bem, o que havia acontecido, se ela queria água com açúcar e não paravam de falar, quando ela levantou lentamente o braço e apontou a janela.

Todos em *"slow motion"* viraram-se naquela direção e o que viram foi a janela do Professor protegida por uma fina cortina branca que balançava com o vento.

Pedrinho, ansioso, pergunta:

- O que foi?

Todos voltam novamente os olhos para a Ruiva e ela diz:

- Eles...

- Eles quem? Pergunta alguém no meio da confusão e dos cacos de vidro.

E ela lentamente insiste em apontar para a janela. O pessoal ateve-se a transparência da cortina e pôde ver a silhueta de dois corpos juntos em um aparente beijo.

A leve brisa movimenta a cortina e por um segundo todos puderam ver...

O Professor beijava uma mulher loira e pálida, que estava totalmente vestida de branco.

FIM.